Translated Language Learning

Les Aventures d'Alice au Pays des Merveilles

Aliceine Avanture u Zemlji Čudesa

Lewis Carroll

Français / Hrvatski

Dans le Terrier du Lapin
Niz zečju rupu

Alice commençait à être très fatiguée
Alice se počela jako umarati
Elle était assise à côté de sa sœur sur le talus d'herbe
sjedila je pored svoje sestre na travnatoj obali
Mais elle n'avait rien à faire
ali nije imala što raditi
Sa sœur lisait un livre
njezina sestra je čitala knjigu
une ou deux fois, Alice jeta un coup d'œil dans le livre
jednom ili dvaput Alice je zavirila u knjigu
Mais le livre ne contenait ni images ni conversations
ali u knjizi nije bilo slika ili razgovora
« À quoi sert un livre sans images ? » pensa Alice
"Kakva korist od knjige bez slika?", pomisli Alice
« Pourquoi un livre n'aurait-il pas de conversations ? »
"Zašto knjiga ne bi imala razgovore?"
Mais elle avait d'autres choses à considérer
Ali morala je uzeti u obzir druge stvari

« Faire une chaîne de marguerites serait un plaisir »
"Pravljenje lanca tratinčica bilo bi zadovoljstvo"
« Mais cela vaut-il la peine de se lever et de cueillir les
marguerites ?? »
"Ali je li vrijedno truda ustati i brati tratinčice??"
Ce n'était pas si facile d'y penser
o tome nije bilo tako lako razmišljati
parce que la journée la rendait somnolente et stupide
jer se zbog tog dana osjećala pospano i glupo
Mais soudain, ses pensées s'interrompirent
ali odjednom su joj se misli prekinule
un lapin blanc aux yeux roses courait près d'elle
Bijeli Zec ružičastih očiju trčao je blizu nje

Il n'y avait rien de trop remarquable chez le lapin
U zecu nije bilo ničeg pretjerano izvanrednog
et Alice ne trouvait pas non plus le lapin remarquable
a ni Alisa nije smatrala da je zec izvanredan
elle ne s'étonna pas non plus quand le Lapin parla
niti ju je iznenadilo kad je Zec progovorio
« Oh mon Dieu ! Je serai trop tard ! se dit-il
"O, Bože! Zakasnit ću!" rekao je u sebi

**mais alors le Lapin a fait quelque chose que les lapins n'ont
pas fait**
ali onda je Zec učinio nešto što zečevi nisu učinili
le Lapin tira une montre de la poche de son gilet
Zec izvadi sat iz džepa prsluka
Il regarda l'heure puis se hâta
pogledao je vrijeme i požurio dalje
Alice se leva, stupéfaite
Alice je ustala na noge, začuđena
Elle n'avait jamais vu un lapin avec un gilet auparavant !
nikada prije nije vidjela zeca s prslukom!
elle n'avait jamais vu non plus de lapin avec une montre !
niti je ikada vidjela zeca sa satom!
Alice brûlait d'une nouvelle curiosité
Alice je gorjela od nove znatiželje
et elle courut à travers le champ après le Lapin
i otrčala je preko polja za Zecom
Elle était juste à temps pour voir le lapin disparaître
Stigla je taman na vrijeme da vidi kako zec nestaje
Le lapin sauta dans un grand terrier de lapin
Zec je skočio u veliku zečju rupu
Un instant plus tard, Alice s'est mise à courir après le lapin !
U drugom trenutku, Alice je krenula za zecom!
Le terrier du lapin continuait tout droit comme un tunnel
Zečja rupa išla je ravno poput tunela
Et le tunnel a continué à avancer sur une certaine distance
a tunel je nastavio ići na određenoj udaljenosti
Et puis le chemin s'est soudainement incliné
a onda je staza iznenada zaronila
Alice n'eut pas un instant pour songer à s'arrêter
Alice nije imala ni trenutka razmišljati o tome da se zaustavi
Elle s'est retrouvée à tomber et à tomber
Našla se kako pada dolje i dolje i dolje
Il semblait qu'elle était tombée dans un puits très profond
činilo se kao da je pala u vrlo dubok bunar
**Ou le puits était très profond, ou bien elle tombait très
lentement**

Ili je bunar bio vrlo dubok, ili je padala vrlo sporo

parce qu'elle avait tout le temps de tomber

jer je imala dovoljno vremena za pad

alors qu'elle tombait, elle pouvait regarder tout autour d'elle

dok je padala, mogla je gledati svuda oko sebe

D'abord, elle a essayé de comprendre où elle allait

Prvo je pokušala razabrati kamo ide

mais le puits était trop sombre pour voir quoi que ce soit

ali bunar je bio previše mračan da bi se išta vidjelo

Puis elle regarda les côtés du puits

Zatim je pogledala stranice bunara

Et elle remarqua qu'il y avait des placards tout autour d'elle

i primijetila je da su posvuda oko nje ormari

et tout autour du puits il y avait des étagères de livres

a posvuda oko bunara bile su police s knjigama

Çà et là, elle voyait des cartes et des tableaux accrochés à des piquets

tu i tamo vidjela je karte i slike obješene na klinovima

En passant, elle prit un bocal sur l'une des étagères

Skinula je staklenku s jedne od polica dok je prolazila

Le pot a été étiqueté pour son contenu

staklenka je bila označena zbog svog sadržaja

« MARMELADE D'ORANGES »

"MARMELADA OD NARANČI"

Mais, à sa grande déception, le pot de marmelade était vide

ali, na njezino veliko razočaranje, staklenka s marmeladom bila je prazna

Elle ne voulait pas laisser tomber le pot de marmelade vide

Nije htjela ispustiti praznu staklenku s marmeladom

et sa chute fut très lente

a njezin pad bio je vrlo spor

Elle a donc réussi à mettre le pot de marmelade dans l'un des placards

Tako je uspjela staviti staklenku s marmeladom u jedan od ormarića

Tombée, descendue, tombée !

Dolje, dolje, dolje pada!

La chute prendrait-elle fin ?
Hoće li jesen ikada završiti?
Il n'y avait rien d'autre à faire
Nije se moglo ništa drugo raditi
alors Alice commença bientôt à se parler à elle-même
pa je Alice ubrzo počela razgovarati sama sa sobom
« Je vais beaucoup manquer à Dinah ce soir, je pense ! »
"Mislim da ću večeras jako nedostajati Dini!"
Dinah était le chat d'Alice
Dinah je bila Alisina mačka
« J'espère qu'ils se souviendront de sa soucoupe de lait à l'heure du thé »
"Nadam se da će se sjetiti njezinog tanjurića s mlijekom za vrijeme čaja"
« Dinah, ma chère, je voudrais que tu sois ici avec moi ! »
"Dinah, draga moja, volio bih da si ovdje dolje sa mnom!"
Alice sentit qu'elle s'assoupissait
Alice je osjetila da drijema
Et puis soudain, bruit sourd ! bourrade!
A onda odjednom, udarac! snažan udarac!
Elle tomba sur un tas de bâtons
pala je na hrpu štapova
et elle atterrit sur un tas de feuilles sèches
i sletjela je na hrpu suhog lišća
et enfin la longue chute dans le trou était terminée
i konačno je dugi pad u rupu bio gotov
Alice n'était pas du tout blessée
Alice nije bila nimalo povrijeđena
Et elle se leva d'un bond au bout d'un instant
i skočila je u trenu
Elle leva les yeux, mais il faisait noir au-dessus de sa tête
Podignula je pogled, ali sve je bilo mračno iznad glave
Devant elle se trouvait un autre long couloir
Ispred nje je bio još jedan dugačak hodnik
et le Lapin Blanc était toujours en vue
a Bijeli Zec je još uvijek bio na vidiku
Il se hâtait dans le couloir

žurio je niz hodnik
Il n'y avait pas un instant à perdre
Nije bilo trenutka za gubljenje
Alice s'enfuit comme le vent
Alice je pobjegla kao vjetar
Au coin de la rue, le lapin s'est retourné
Iza ugla se okrenuo zec
Elle était juste à temps pour entendre le lapin
stigla je taman na vrijeme da čuje zeca
« "Oh, mes oreilles et mes moustaches »
"O, moje uši i brkovi"
« Comme il est tard ! »
"Kako kasno postaje!"
Elle était tout près derrière le lapin
Bila je blizu zeca
Elle tourna au détour d'un autre coin
Skrenula je iza drugog ugla
mais le Lapin n'était plus visible
ali Zeca se više nije moglo vidjeti
Elle se retrouva dans une longue salle basse
Našla se u dugačkoj, niskoj dvorani
La salle était éclairée par une rangée de plafonniers
dvorana je bila osvijetljena nizom stropnih svjetiljki
Il y avait des portes tout autour de la salle
Vrata su bila po cijelom hodniku
mais toutes les portes étaient fermées à clé
ali sva su vrata bila zaključana
Elle marcha tout le long d'un côté de la salle
hodala je cijelim putem niz jednu stranu hodnika
et elle avait fait tout le chemin de l'autre côté de la salle
i hodala je cijelim putem na drugu stranu hodnika
Elle avait essayé toutes les portes
isprobala je sva vrata
et elle marchait tristement au milieu de la salle
i tužno je hodala sredinom hodnika
« Comment vais-je jamais en sortir ? »
"Kako ću ikada više izaći?"

Tout à coup, elle tomba sur une petite table
Odjednom je naišla na mali stolić
La table était entièrement en verre massif
Stol je u potpunosti izrađen od čvrstog stakla
Il n'y avait rien sur la table à part une petite clé dorée
Na stolu nije bilo ničega osim sićušnog zlatnog ključa
La clé pourrait appartenir à l'une des portes !
Ključ bi mogao pripadati jednim od vrata!
Mais, hélas ! Certaines serrures étaient trop grandes pour les clés
ali, nažalost! Neke su brave bile prevelike za ključeve
et pour les autres serrures, la clé était trop petite
a za ostale brave ključ je bio premalen
mais, en tout cas, la clef n'ouvrit aucune des portes
ali, u svakom slučaju, ključ nije otvorio nijedna vrata
Mais que devait-elle faire ?
ali što je trebala učiniti?
Elle traversa de nouveau le couloir
Opet je prošla kroz hodnik
et cette fois, elle remarqua un rideau bas
i ovaj put primijetila je nisku zavjesu
Derrière le rideau se trouvait une petite porte
Iza zavjese bila su mala vrata
La porte avait une quinzaine de pouces de haut

vrata su bila visoka oko petnaest centimetara
Elle essaya la petite clé dorée dans la serrure
Isprobala je mali zlatni ključ u bravi
Et à sa grande joie, la clé s'est glissée dans la serrure !
i na njezino veliko oduševljenje, ključ je stao u bravu!
Alice ouvrit la porte
Alice je otvorila vrata
et elle trouva la porte qui donnait sur un petit couloir
i našla je vrata koja su vodila u mali hodnik
Le couloir n'était pas beaucoup plus grand qu'un trou à rats
hodnik nije bio puno veći od štakorske rupe
Elle s'agenouilla et regarda le long du couloir
Kleknula je i pogledala hodnikom
et elle a vu le plus beau jardin que vous ayez jamais vu
i vidjela je najljepši vrt koji ste ikada vidjeli
comme elle avait envie de sortir de cette salle sombre
kako je čeznula da izađe iz te mračne dvorane
comme elle voulait se promener parmi ces fleurs lumineuses
Kako je željela lutati među tim svijetlim cvjetovima
Comme ces fontaines avaient l'air cool et rafraîchissantes
Kako su cool osvježavajuće te fontane izgledale
Mais elle ne pouvait même pas passer la tête par la porte
ali nije mogla ni glavom provući kroz vrata
— Oh ! dit Alice d'un ton lugubre
"Oh", reče Alice, tužno
comme je voudrais pouvoir me plier comme un télescope !
"kako bih volio da se mogu sklopiti poput teleskopa!"
« Je pense que je pourrais me plier comme un télescope »
"Mislim da bih se mogao sklopiti poput teleskopa"
« Si seulement je savais par où commencer »
"Kad bih samo znao kako početi"
Alice retourna à la table
Alice se vratila za stol
Il y avait la chance de trouver une autre clé
Postojala je šansa za pronalaženje drugog ključa
Ou il pourrait y avoir un livre de règles
ili možda postoji knjiga pravila

Le livre pourrait lui apprendre à se plier comme un télescope
knjiga joj je mogla reći kako se sklopiti poput teleskopa
Cette fois, elle trouva une petite bouteille
Ovaj put je pronašla malu bočicu
« cette bouteille n'était certainement pas là auparavant, » dit Alice
"Ova boca sigurno nije bila ovdje prije", reče Alice
et autour du goulot de la bouteille était attachée une étiquette en papier
a oko vrata boce bila je vezana papirnata naljepnica
L'étiquette était magnifiquement imprimée en grandes lettres
naljepnica je bila lijepo tiskana velikim slovima
« BOIS-MOI »
"PIJ ME"
« Non, je vais regarder d'abord », a-t-elle dit
"Ne, ja ću prvo pogledati", rekla je
« Je vais voir si la bouteille est marquée comme toxique ou non, »
"Vidjet ću je li boca označena kao otrovna ili ne,"
Parce qu'elle n'a jamais oublié la leçon sur le poison
jer nikada nije zaboravila lekciju o otrovu
« Si une bouteille est étiquetée comme toxique, elle est forcément en désaccord avec vous »
"Ako je boca označena kao otrovna, sigurno se neće složiti s vama"
Cependant, cette bouteille n'a pas été marquée comme toxique
Međutim, ova boca nije označena kao otrovna
alors Alice se hasarda à goûter le contenu de la bouteille
pa se Alisa odvažila kušati sadržaj boce
Elle trouva le liquide tout à fait à son goût
Otkrila je da joj se tekućina sasvim sviđa
La boisson avait une sorte de saveur mélangée
piće je imalo neku vrstu mješovitog okusa
tarte aux cerises, crème pâtissière et ananas
trešnja-tarta, krema i ananas

Rôtir la dinde, le caramel et le pain grillé au beurre chaud
Pečena puretina, karamela i tost s vrućim maslacem
et elle finit bientôt la bouteille
i ubrzo je dovršila bocu
« Quelle curieuse sensation ! » dit Alice
"Kakav čudan osjećaj!" reče Alice
« Je me plie comme un télescope ! »
"Sklapam se kao teleskop!"
Et elle se repliait comme un télescope !
I doista se sklapala poput teleskopa!
Elle n'avait plus que dix pouces de haut
Sada je bila visoka samo deset centimetara
et son visage s'éclaira à ses pensées
a lice joj se razvedrilo od misli
Maintenant, elle était de la bonne taille pour la petite porte
sada je bila prave veličine za mala vrata
Maintenant, elle pouvait aller dans ce joli jardin
sada je mogla ući u taj ljupki vrt
Bientôt, elle a cessé de devenir plus petite
ubrzo je prestala postajati manja
Elle décida d'aller tout de suite dans le jardin
odlučila je odmah otići u vrt
mais, hélas pour la pauvre Alice !
ali, jao za jadnu Alice!
Elle arriva à la porte
Stigla je do vrata
Mais elle avait oublié la petite clé d'or
ali zaboravila je mali zlatni ključ
Elle retourna à la table pour prendre la clé
Vratila se do stola po ključ
Mais elle s'aperçut qu'elle ne pouvait pas atteindre assez haut
ali otkrila je da ne može dosegnuti dovoljno visoko
Elle pouvait voir la clé très distinctement à travers la vitre
mogla je jasno vidjeti ključ kroz staklo
Elle essaya de grimper sur les pieds de la table
Pokušala se popeti na noge stola

Mais le verre était beaucoup trop glissant
Ali staklo je bilo previše sklisko
Finalement, elle s'est fatiguée à essayer
Na kraju se umorila od pokušaja
et la pauvre petite fille s'assit et pleura
a jadna djevojčica sjedne i zaplače
Alice se parlait à elle-même assez vivement
Alice je govorila sama sebi prilično oštro
« Allons, ça ne sert à rien de pleurer comme ça ! »
"Hajde, nema smisla tako plakati!"
« Je vous conseille d'arrêter tout de suite ! »
"Savjetujem ti da odmah staneš!"
Elle se donnait généralement de très bons conseils
Općenito si je davala vrlo dobre savjete
bien qu'elle suivît très rarement ses propres conseils
iako je vrlo rijetko slijedila vlastite savjete
Et elle était parfois trop dure envers elle-même
a ponekad je bila prestroga prema sebi
et ses paroles lui firent monter les larmes aux yeux
a njezine su joj riječi natjerale suze na oči
Bientôt, son regard tomba sur une petite boîte en verre
Ubrzo joj je pogled pao na malu staklenu kutiju
La petite boîte de verre était posée sous la table
mala staklena kutija ležala je ispod stola
Dans la boîte en verre se trouvait un tout petit gâteau
U staklenoj kutiji bila je vrlo mala torta
Sur le gâteau, quelques mots étaient magnifiquement écrits
Na torti su neke riječi bile lijepo napisane
les mots avaient été marqués dans des groseilles
riječi su bile označene ribizom
« MANGE-MOI »
"JEDI ME"
« Eh bien, je vais manger le gâteau », dit Alice
"Pa, pojest ću kolač", reče Alice
« et si le gâteau me fait grossir, je peux atteindre la clé »
"a ako me kolač učini većim, mogu doći do ključa"
« et si le gâteau me fait rapetisser, je peux me glisser sous la

porte »
"a ako me kolač smanji, mogu se uvući ispod vrata"
« Donc, de toute façon, j'irai dans le jardin »
"pa u svakom slučaju ući ću u vrt"
« Et peu m'importe lequel des deux arrive ! »
"I nije me briga što će se od to dvoje dogoditi!"
Elle a mangé un peu du gâteau
Pojela je malo kolača
et elle se parla anxieusement à elle-même :
i zabrinuto je govorila sama sebi:
« Dans quel sens ? Dans quel sens ?
"Kojim putem? Kojim putem?"
et elle posa la main sur sa tête
i držala je ruku na glavi
Elle voulait sentir de quelle façon elle grandissait
željela je osjetiti u kojem smjeru raste
Elle fut très surprise de découvrir ce qui s'était passé
bila je prilično iznenađena kad je saznala što se dogodilo
Elle était restée de la même taille !
ostala je iste veličine!
Cette fois, elle redoubla donc d'efforts
pa je ovaj put udvostručila svoje napore
Et bientôt, elle termina tout le gâteau
i ubrzo je dovršila cijelu tortu

La mare de larmes
Lokva suza

« Cela devient de plus en plus intéressant ! » s'écria Alice
"Ovo postaje sve zanimljivije!" uzviknula je Alice
Vous pouvez voir qu'elle était très surprise
Možete vidjeti da je bila jako iznenađena
« Je m'ouvre comme le plus grand télescope qui ait jamais existé ! »
"Otvaram se kao najveći teleskop koji je ikada postojao!"
« Au revoir, les pieds ! Oh, mes pauvres petits pieds"
"Zbogom, stopala! O, moja jadna mala stopala"
« Je me demande qui va vous mettre vos chaussures maintenant, mes chères ? »
"Pitam se tko će vam sada obući cipele, dragi?"
et je me demande qui mettra vos bas ?
"I pitam se tko će ti staviti čarape?"
« Je serai beaucoup trop loin »
"Bit ću predaleko"
« Je ne pourrai plus me soucier de toi »
"Neću se više moći mučiti oko tebe"
Juste à ce moment, sa tête heurta quelque chose
Upravo u tom trenutku glava joj je udarila o nešto
Elle avait atteint le toit de la salle
stigla je do krova dvorane
En fait, elle mesurait maintenant plus de deux mètres
Zapravo, sada je bila visoka više od dva metra
et elle prit aussitôt la petite clef d'or
i odmah je uzela mali zlatni ključ
et elle se précipita vers la porte du jardin
i požurila je do vrtnih vrata
Pauvre Alice ! Il n'y avait pas grand-chose qu'elle pouvait faire
Jadna Alice! Nije mogla puno učiniti
Elle s'allongea sur le côté
Legla je na jednu stranu
et elle regarda d'un œil dans le jardin
i pogledala je u vrt jednim okom

Mais s'en sortir était plus désespéré que jamais
Ali proći je bilo beznadnije nego ikad
Elle s'est assise et a recommencé à pleurer
Sjela je i ponovno počela plakati
Elle a continué à verser des litres de larmes
Nastavila je prolijevati galone suza
Bientôt, il y eut une grande flaque tout autour d'elle
Uskoro je oko nje bio veliki bazen
et l'eau atteignait la moitié du couloir
i voda je stigla do pola hodnika
Au bout d'un moment, elle entendit un petit claquement de pieds
Nakon nekog vremena začula je malo lupkanje nogu
Elle entendit les pas venir de loin
čula je stopala kako dolaze iz daljine
et elle s'essuya vivement les yeux pour voir ce qui allait arriver
i žurno je osušila oči da vidi što dolazi
C'était le retour du Lapin Blanc
Bio je to Bijeli Zec koji se vraćao
Il était magnifiquement vêtu
Bio je sjajno odjeven
Il avait une paire de gants blancs dans une main
u jednoj ruci imao je par bijelih rukavica
et il avait un grand éventail de plumes dans l'autre main
a u drugoj ruci imao je veliku lepezu od perja
Il arriva en trottinant en toute hâte
Krenuo je u velikoj žurbi
et il murmura en lui-même : « Oh ! la duchesse, la duchesse !
i promrmljao je u sebi: "Oh! vojvotkinja, vojvotkinja!"
« Ah ! ne serait-elle pas sauvage si je l'ai fait attendre !
"Oh! neće li biti divlja ako sam je ostavio da čeka!"

Quand le Lapin s'approcha d'elle, Alice prit la parole
Kad joj se Zec približio, Alice je progovorila
Mais elle parlait d'une voix basse et timide
ali ona je govorila tihim, plašljivim glasom
« Monsieur, s'il vous plaît, arrêtez ce que vous faites un instant »
"Gospodine, molim vas, prestanite na trenutak s onim što radite"
Le Lapin sursauta violemment
Zec se silovito zaprepastio
Il laissa tomber les gants blancs et l'éventail de plumes
Ispustio je bijele rukavice i lepezu od perja
et il s'enfuit dans les ténèbres aussi vite qu'il le put
i odjurio je u tamu što je brže mogao
Alice ramassa l'éventail en plumes et les gants
Alice je uzela lepezu od perja i rukavice
Et elle n'arrêtait pas de s'éventer tout en parlant
i nastavila se lepršati dok je govorila
« Cher, cher ! Comme tout est étrange aujourd'hui !
"Dragi, dragi! Kako je danas sve čudno!"

« Hier, les choses se sont passées comme d'habitude »
"Jučer su se stvari odvijale kao i obično"
« Étais-je le même quand je me suis levé ce matin ? »
"Jesam li bio isti kad sam jutros ustao?"
« Mais si je ne suis pas le même, il y a une autre question »
"Ali ako nisam isti, postoji drugo pitanje"
« Qui suis-je ? »
"Tko sam ja, zaboga?"
« Ah, c'est le grand casse-tête ! »
"Ah, to je velika zagonetka!"
En disant cela, elle baissa les yeux sur ses mains
Dok je to govorila, pogledala je dolje u svoje ruke
Elle portait l'un des petits gants blancs du lapin
Nosila je jednu od zečjih malih bijelih rukavica
Elle n'avait pas remarqué qu'elle avait mis le gant en parlant
Nije primijetila da je stavila rukavicu dok je govorila
« Comment ai-je pu faire cela ? » a-t-elle pensé
"Kako sam to mogla učiniti?" pomislila je
« Je dois redevenir petit »
"Mora da sam opet malen"
Elle se leva et s'approcha de la table pour mesurer sa taille
Ustala je i otišla do stola da izmjeri svoju visinu
Elle a découvert qu'elle mesurait maintenant environ un
demi-mètre
otkrila je da je sada visoka oko pola metra
et elle rétrécissait encore rapidement
i još uvijek se brzo smanjivala
Elle découvrit rapidement quelle était la cause de ce
rétrécissement
Ubrzo je saznala što je uzrok smanjenja
L'éventail de plumes la rendait encore plus petite !
Lepeza od perja ponovno ju je činila manjom!
et elle laissa tomber l'éventail de plumes à la hâte
i brzo je ispustila lepezu od perja
Elle laissa tomber l'éventail de plumes juste à temps pour se
sauver
Ispustila je lepezu od perja taman na vrijeme da se spasi

Si elle s'était éventée plus longtemps, elle se serait complètement retirée
da se još više lepršala, potpuno bi se ustuknula
« C'était une échappatoire de justesse ! » dit Alice
"To je bio tijesan bijeg!" reče Alice
et elle fut bien effrayée de ce changement soudain
i bila je prilično uplašena iznenadnom promjenom
mais elle était très heureuse de se trouver encore en existence
ali bila je vrlo sretna što još uvijek postoji
« Et maintenant, en route pour le jardin ! »
"A sada, u vrt!"
Et elle courut à toute vitesse vers la petite porte
I potrčala je svom brzinom natrag do malih vrata
Mais, hélas ! La petite porte fut refermée
ali, nažalost! mala vrata su se ponovno zatvorila
et la petite clé d'or était de nouveau posée sur la table de verre
i mali zlatni ključ opet je ležao na staklenom stolu
« Les choses sont pires que jamais », pensa le pauvre enfant
"Stvari su gore nego ikad", pomisli jadno dijete
« Je n'ai jamais été aussi petit que ça auparavant, jamais ! »
"Nikad prije nisam bio tako mali, nikada!"
En prononçant ces mots, son pied glissa
Dok je izgovarala te riječi, noga joj je skliznula
et un instant plus tard, il y eut une grande éclaboussure !
i u sljedećem trenutku začuo se veliki pljusak!
Elle était dans l'eau salée jusqu'au menton
bila je do brade u slanoj vodi
Sa première idée fut qu'elle était tombée d'une manière ou d'une autre dans la mer
Njezina prva ideja bila je da je nekako pala u more
Cependant, elle s'est vite rendu compte dans quoi elle se trouvait
Međutim, ubrzo je shvatila u čemu se nalazi
Elle était dans une mare de larmes
bila je u lokvi suza

les larmes qu'elle avait versées quand elle avait deux mètres
de haut
suze koje je plakala kad je bila visoka dva metra

Juste à ce moment-là, elle entendit quelque chose
Upravo tada je čula nešto
Quelque chose barbotait dans la mare
nešto je prskalo u bazenu
Les éclaboussures venaient d'un peu de loin
prskanje je dolazilo malo dalje
**et elle nagea plus près pour voir ce que c'était que les
éclaboussures**
i otplivala je bliže da vidi što je prskanje
Elle vit bientôt que ce n'était qu'une petite souris
ubrzo je vidjela da je to samo mali miš
La petite souris s'était également glissée dans l'eau
Mali miš je također skliznuo u vodu
Alice réfléchit à la situation
Alice je razmišljala o situaciji
« Serait-il utile de parler à cette souris ? »
"Bi li bilo korisno razgovarati s ovim mišem?"

« Tout est tellement à l'envers ici »
"Ovdje je sve tako naopako"
« Je pense que c'est très probable que cette souris peut parler »
"Mislim da vrlo vjerojatno ovaj miš može govoriti"
« En tout cas, il n'y a pas de mal à essayer »
"U svakom slučaju, nema štete u pokušaju"
Alors elle a commencé à essayer de parler à la souris
Pa je počela pokušavati razgovarati s mišem
« Oh Souris, sais-tu comment sortir de cette mare ? »
"O, Mišu, znaš li izlaz iz ovog bazena?"
« Je suis bien fatigué de nager ici, ô souris ! »
"Jako sam umoran od kupanja ovdje, o mišu!"
La souris la regarda d'un air assez inquisiteur
Miš ju je pogledao prilično znatiželjno
La souris semblait cligner de l'œil avec l'un de ses petits yeux
Miš kao da je namignuo jednim od svojih malih očiju
Mais la petite souris ne dit rien
ali mali mišić nije rekao ništa
« Peut-être la souris ne comprend-elle pas l'anglais », pensa Alice
"Možda miš ne razumije engleski", pomisli Alice
« J'ose dis-le que c'est une souris française »
"Usuđujem se reći da je to francuski miš"
« peut-être que cette souris est venue avec Guillaume le Conquérant »
"možda je ovaj miš došao s Williamom Osvajačem"
Alors elle a recommencé, en français
Tako je počela iznova, na francuskom
« Où est mon chat ? » a-t-elle demandé en français
"Gdje je moja mačka?" upitala je na francuskom
c'était la première phrase de son livre de leçons de français
bila je to prva rečenica u njezinoj udžbenici francuskog jezika
La souris fit un saut soudain hors de l'eau
Miš je iznenada iskočio iz vode
et la souris semblait frémir de frayeur

a miš kao da je sav zadrhtao od straha
— Oh ! je vous demande pardon ! s'écria vivement Alice
"Oh, oprostite!" uzvikne Alice žurno
Elle craignait d'avoir blessé les sentiments du pauvre animal
bojala se da je povrijedila osjećaje jadne životinje
« J'oubliais que tu n'aimais pas les chats »
"Zaboravio sam da ne voliš mačke"
« Je n'aime pas les chats ! » cria la Souris d'une voix aiguë et
passionnée
"Ne volim mačke!" uzviknuo je Miš prodornim, strastvenim
glasom
« Voudrais-tu des chats, si tu étais moi ? »
"Da si na mom mjestu, želiš li mačke?"
Alice réconforta la souris d'un ton apaisant
Alice je utješila miša umirujućim tonom
« Eh bien, peut-être que je n'aimerais pas non plus les chats
si j'étais vous »
"Pa, možda ni ja ne bih volio mačke da sam na tvom mjestu"
« S'il vous plaît, ne soyez pas en colère à propos de la
mention des chats »
"Molim vas, nemojte se ljutiti zbog spominjanja mačaka"
« Et pourtant, j'aimerais pouvoir te montrer notre chat
Dinah »
"Pa ipak, volio bih da ti mogu pokazati našu mačku Dinah"
« Si vous la rencontriez, je pense que vous prendriez goût
aux chats »
"da je upoznaš, mislim da bi ti se svidjele mačke"
« Si seulement vous pouviez la voir »
"Kad bi je samo mogao vidjeti"
« Elle est une chose si chère et si calme »
"Ona je tako draga, tiha stvar"
La souris tremblait de partout
Miš se tresao po cijelom tijelu
Alice était certaine que la souris devait être vraiment
offensée
Alice je bila sigurna da je miš stvarno uvrijeđen
« On ne parlera plus d'elle, si tu préfères ne pas le faire »

"Nećemo više razgovarati o njoj, ako radije nećeš"
« Nous, en effet ! » s'écria la Souris
"Mi, zaista!" uzviknuo je Miš
La souris tremblait jusqu'au bout de sa queue
Miš je drhtao do kraja repa
« Comme si je voulais parler d'un tel sujet ! »
"Kao da bih govorio o takvoj temi!"
« Notre famille a toujours détesté les chats »
"Naša obitelj je uvijek mrzila mačke"
"Les chats ; des choses méchantes, basses, vulgaires !
"mačke; gadne, niske, vulgarne stvari!"
« Ne me laissez plus entendre le nom ! »
"Ne daj da više čujem ime!"
— Je ne parlerai plus des chats, en effet, dit Alice
"Neću više spominjati mačke!" reče Alice
Elle était très pressée de changer de sujet
jako joj se žurilo da promijeni temu
"Êtes-vous... Aimez-vous les chiens ?
"Jeste li... Volite li pse?"
« Il y a un petit chien si gentil près de notre maison, »
"U blizini naše kuće je tako lijep mali pas,"
« Je voudrais te montrer le petit chien ! »
"Želio bih vam pokazati malog psa!"
"Ce petit chien tue tous les rats et...
"Ovaj mali pas ubija sve štakore i..."
« Oh ! mon Dieu ! » s'écria Alice d'un ton triste
"O, Bože!" uzvikne Alice tužnim tonom
« J'ai peur de t'avoir encore offensé ! »
"Bojim se da sam te opet uvrijedio!"
La souris nageait loin d'elle aussi vite qu'elle le pouvait
Miš je plivao od nje najbrže što je mogao
et la souris fit tout un vacarme dans la mare
a miš je napravio popriličnu komešanje u bazenu
Alors elle appela doucement la souris
I tako je tiho viknula za mišem
« Ma chère souris, s'il vous plaît, revenez ! »
"Dragi moj mišu, molim te, vrati se!"

« Et nous ne parlerons pas des chats »
"I nećemo govoriti o mačkama"
« Et nous n'avons pas non plus besoin de parler des chiens »
"A ne moramo razgovarati ni o psima"
Quand la souris entendit cela, elle se retourna
Kad je miš to čuo, okrenuo se
et la petite souris nagea lentement vers elle
i mali mišić polako otplivao natrag do nje
Le visage de la souris était assez pâle
Miševo lice bilo je prilično blijedo
et la souris parla d'une voix basse et tremblante
i miš je progovorio, tihim, drhtavim glasom
« Allons à la rive »
"Dođimo do obale"
« et ensuite je vous raconterai mon histoire »
"A onda ću vam ispričati svoju povijest"
« et vous comprendrez pourquoi c'est moi qui déteste les
chats et les chiens »
"i shvatit ćeš zašto mrzim mačke i pse"
Il était grand temps de partir
Bilo je krajnje vrijeme da krenemo
parce que la piscine devenait assez bondée
jer je bazen postajao prilično prepun
D'autres oiseaux et animaux étaient tombés dans la mare
druge ptice i životinje pale su u bazen
il y avait un Canard et un Dodo
bili su Patak i Dodo
et il y avait un oiseau Lory et un aiglon
a tu su bili i ptica Lory i orao
et il y avait plusieurs autres créatures intéressantes
a bilo je i nekoliko drugih stvorenja zanimljivog izgleda
Alice a ouvert la voie à la sortie de la piscine
Alice je vodila izlaz iz bazena
et toute la troupe des animaux nagea jusqu'au rivage
i cijela skupina životinja otplivala je do obale

Une course de caucus et une longue traîne
Utrka zastupnika i dugačak rep

C'était en effet une bande d'animaux à l'allure amusante
Doista su bile smiješna skupina životinja
et ils se rassemblèrent tous sur le bord de l'eau
i svi su se okupili na obali vode
Les oiseaux avaient tous des plumes débraillées
sve su ptice imale iscrpljeno perje
et les animaux à fourrure étaient trempés
a krznene životinje bile su natopljene
et tous étaient trempés, agacés et mal à l'aise
i svi su bili mokri, iznervirani i neugodni

Il y avait une question à laquelle il fallait répondre en premier
Prvo je trebalo odgovoriti na jedno pitanje
Quelle est la meilleure façon pour tout le monde de se sécher ?
Koji je najbolji način da se svi osuše?
Ils ont tenu une consultation à ce sujet
Imali su konzultacije o ovom pitanju

Bientôt, ils furent tous en bons termes
Uskoro su svi bili u poznatim odnosima
C'était comme si elle les avait connus toute sa vie
kao da ih je poznavala cijeli život
La souris semblait être une personne d'une certaine autorité
Činilo se da je miš osoba nekog autoriteta
« Asseyez-vous, vous tous, et écoutez-moi ! »
"Sjednite, svi, i slušajte me!
« Je vais bientôt vous faire sécher à nouveau ! »
"Uskoro ću vas sve ponovno osušiti!"
Ils s'assirent tous en même temps, dans un grand cercle
Svi su sjeli odjednom, u veliki prsten
et la petite souris s'assit au milieu
a mali miš je sjedio u sredini
« Hum ! » dit la souris d'un air important
"Hm!" rekao je miš s važnim izrazom
« Êtes-vous tous prêts ? »
"Jeste li svi spremni?"
« C'est la chose la plus sèche que je connaisse »
"Ovo je najsuša stvar koju znam"
« Silence tout autour, s'il vous plaît ! »
"Tišina uokolo, ako želite!"
« Guillaume le Conquérant était favorisé par le pape »
"Vilim Osvajač bio je naklonjen papi"
« mais il fut bientôt soumis par les Anglais »
"ali ubrzo su mu se Englezi pokorili"
« Ils voulaient des leaders ces derniers temps »
"Željeli su vođe u posljednje vrijeme"
« et ils avaient été habitués au pouvoir et à la conquête »
"i bili su navikli na moć i osvajanje"
« Edwin et Morcar, les comtes de Mercie et de Northumbrie »
"Edwin i Morcar, grofovi od Mercije i Northumbrije"
« Pouah ! » dit l'oiseau lori, avec un frisson
"Uh!" reče ptica lori, drhtajući
« et même Stigand, l'archevêque patriote de Cantorbéry »
"pa čak i Stigand, domoljubni nadbiskup Canterburyja"

« Il l'a également trouvé opportun »
"I on je smatrao da je to preporučljivo"
« Qu'a-t-il trouvé à propos ? » dit le canard
"Što mu je bilo preporučljivo?" upita patka
— Il l'a trouvé opportun, répondit la souris d'un ton un peu
contrarié
"Smatrao je da je to preporučljivo", odgovorio je miš prilično
uznemireno
Mais le canard n'était pas satisfait
ali patka nije bila zadovoljna
« Bien sûr, vous savez ce que 'it' signifie »
"Naravno, znate što znači 'to'"
« Je sais ce que c'est quand je trouve quelque chose », dit le
canard
"Znam što je 'to' kad nešto pronađem", reče patka
« C'est généralement une grenouille ou un ver »
"To je općenito žaba ili crv"
« La question est de savoir ce que l'archevêque a trouvé ?
"Pitanje je, što je nadbiskup pronašao?"
La souris n'a pas remarqué cette question
Miš nije primijetio ovo pitanje
Au lieu de cela, la souris continua précipitamment son
discours
umjesto toga, miš je žurno nastavio s govorom
« il a jugé opportun d'aller avec Edgar Atheling »
"smatrao je da je preporučljivo ići s Edgarom Athelingom"
« pour rencontrer Guillaume et lui offrir la couronne »
"da se sretne s Williamom i ponudi mu krunu"
la souris continua, se tournant vers Alice pendant qu'elle
parlait
miš je nastavio, okrećući se prema Alice dok je govorio
« Comment allez-vous maintenant, ma chère ? »
"Kako ti je sada, draga moja?"
– Aussi mouillée que jamais, dit Alice d'un ton
mélancolique
"Mokra kao i uvijek", reče Alice melankoličnim tonom
« Cette histoire n'a pas l'air de me tarir du tout »

"Čini se da me ova priča uopće ne isušuje"
— Dans ce cas, dit solennellement le dodo en se levant
"U tom slučaju", svečano je rekao dodo, dižući se na noge
« Je vote pour l'ajournement de la séance »
"Glasam da se sastanak odgodi"
« et je propose l'adoption immédiate de remèdes plus énergiques »
"i predlažem hitno usvajanje energičnijih lijekova"
« Dis des paroles vraies ! » dit l'aiglon
"Govorite prave riječi!" rekao je orao
« Je ne connais pas le sens de la moitié de ces longs mots »
"Ne znam značenje polovice tih dugih riječi"
et, qui plus est, je ne crois pas que vous le sachiez non plus !
"i, štoviše, ne vjerujem da ni vi znate!"
— Ce que j'allais dire, dit le dodo d'un ton offensé
"Što sam htio reći", rekao je dodo uvrijeđenim tonom
« La meilleure chose à faire pour nous sécher serait une course au caucus »
"Najbolja stvar koja će nas osušiti bila bi utrka za klubove"
« Qu'est-ce qu'une course de caucus ? » demanda Alice
"Što je zastupnička utrka?" upita Alice

« Eh bien, » dit le dodo, « la meilleure façon de l'expliquer, c'est de le faire »
"Pa", reče dodo, "najbolji način da se to objasni je da se to učini"
« D'abord, le dodo a tracé un parcours »
"Prvo je dodo označio trkalište"
« La piste était dans une sorte de cercle »
"Pjesma je bila u nekoj vrsti kruga"
« Et puis tout le groupe a été placé le long du parcours »
"A onda je cijela družina bila smještena duž staze"
Il n'y avait pas de « Un, deux, trois et c'est parti ! »
Nije bilo "Jedan, dva, tri i dalje!"
Mais ils ont commencé à courir quand ils voulaient
Ali počeli su trčati kad su htjeli
et ils finissaient aussi quand ils le voulaient
a također su završili kad su htjeli
Il n'était donc pas facile de savoir quand la course était terminée
Stoga nije bilo lako znati kada je utrka gotova
Après environ une demi-heure de course, ils étaient tous assez secs
Nakon otprilike pola sata trčanja svi su bili prilično suhi
le dodo s'écria soudain : « La course est finie ! »
dodo je iznenada uzviknuo: "Utrka je gotova!"
Et ils se pressèrent tous autour du Dodo
i svi su se nagurali oko dodoa
Tous les animaux haletaient et soufflaient
sve su životinje dahtale i puhale
et tous voulaient savoir : « Mais qui a gagné ? »
i svi su htjeli znati: "Ali tko je pobijedio?"
Le dodo ne pouvait pas répondre immédiatement à cette question
Na ovo pitanje dodo nije mogao odmah odgovoriti
D'abord, il a dû beaucoup réfléchir
Prvo je morao puno razmišljati
Après mûre réflexion, le dodo finit par parler
Nakon dugog razmišljanja, Dodo je konačno progovorio

« Tout le monde a gagné, et tous doivent avoir des prix »
"Svi su pobijedili i svi moraju imati nagrade"
« Mais qui doit donner les prix ? » demanda un chœur de voix
"Ali tko će dati nagrade?" upitao je zbor glasova
— Eh bien, elle, bien sûr, dit le dodo
"Pa, ona, naravno", reče dodo
et le dodo pointa d'un doigt vers Alice
a dodo je jednim prstom pokazao na Alice
et toute la troupe des animaux se pressait autour d'elle
i cijela skupina životinja nagomilala se oko nje
ils ont crié, d'une manière confuse : « Des prix ! Des prix !
zbunjeno su vikali: "Nagrade! Nagrade!"
Alice n'avait aucune idée de ce qu'elle devait faire
Alice nije imala pojma što učiniti
Désespérée, elle mit la main dans sa poche
U očaju je stavila ruku u džep
Et elle en sortit une boîte de bonbons
i izvukla je kutiju slatkiša
Heureusement, l'eau salée n'était pas entrée dans la boîte
Srećom, slana voda nije ušla u kutiju
et elle a distribué les bonbons comme prix
i dijelila je slatkiše kao nagrade
Il y avait exactement une pièce pour tout le monde
Postojao je točno jedan komad za svakoga
La prochaine chose qu'ils devaient faire était de manger les bonbons
Sljedeće što su morali učiniti bilo je pojesti slatkiše
Cela a causé du bruit et de la confusion
To je izazvalo buku i zbunjenost
Les grands oiseaux se plaignaient de ne pas pouvoir goûter leurs bonbons
velike ptice su se žalile da ne mogu okusiti svoje slatkiše
Les petits s'étouffaient et devaient être tapotés dans le dos
Mali su se ugušili i morali su ih tapšati po leđima
Cependant, c'était enfin fini
Međutim, napokon je bilo gotovo

Et ils se rassirent en cercle
i ponovno sjedoše u prsten
et ils supplièrent la souris de leur dire quelque chose de plus
i molili su miša da im kaže još nešto
— Vous m'avez promis de me raconter votre histoire, vous savez, dit Alice
"Obećala si da ćeš mi ispričati svoju povijest, znaš", rekla je Alice
et elle fit une autre petite remarque sur les chats à voix basse
i šaptom je napravila još jednu malu primjedbu o mačkama
Elle ne voulait pas offenser à nouveau la souris
Nije htjela ponovno uvrijediti miša
la petite souris se tourna vers Alice et soupira
mali mišić se okrenuo prema Alice i uzdahnuo
« Ma conte est long et triste ! »
"Moja je duga i tužna priča!"
— C'est une longue queue, certainement, dit Alice
"To je dugačak rep, svakako", reče Alice
et elle baissa les yeux avec étonnement sur la queue de la souris
i s čuđenjem pogleda dolje na mišji rep
« Mais pourquoi appelez-vous cela une queue triste ? »
"Ali zašto to zoveš tužnim repom?"
Et elle n'arrêtait pas de s'interroger à ce sujet pendant que la souris parlait
I nastavila je zbunjivati o tome dok je miš govorio
de sorte que son idée de l'histoire était quelque chose comme ceci
tako da je njezina ideja priče bila otprilike ovakva

                "Fury said to
                 a mouse, That
                  he met in the
                   house, 'Let
                     us both go
                      to law: *I*
                      will prosecute
                      you.——
                       Come, I'll
                        take no denial:
                       We must have
                      the trial;
                     For really
                   this morning
                 I've
                nothing
                to do.'
                  Said the
                    mouse to
                      the cur,
                        'Such a
                         trial, dear
                          sir, With
                           no jury
                            or judge,
                             would
                             be wasting
                            our
                           breath.'
                        'I'll be
                       judge,
                     I'll be
                   jury,'
                said
                cunning
                  old
                    Fury;
                      'I'll
                        try
                         the
                           whole
                            cause,
                            and
                            condemn
                          you to
                    death.'"

Fury dit à une souris : Qu'il s'est rencontré dans la maison.
Bijes reče mišu: "Da se sreo u kući"
Allons tous les deux en justice, je vous poursuivrai
Idemo oboje na sud: Tužit ću vas
Allons, je n'accepterai aucun démenti : il faut que nous fassions l'épreuve
Dođite, neću poricati: Moramo imati suđenje
Car vraiment ce matin je n'ai rien à faire
Jer stvarno jutros nemam što raditi
Dit la souris au maudit ;
Rekao je miš psu;

Un tel procès, cher monsieur, sans jury ni juge, nous ferait perdre notre souffle
Takvo suđenje, dragi gospodine, bez porote ili suca, bilo bi trošenje daha
« Je serai juge, je serai jury », dit le vieux rusé Fury
"Ja ću biti sudac, bit ću porotnik", rekao je lukavi stari Fury
Je vais juger toute la cause, et je vous condamnerai à mort
Pokušat ću cijelu stvar i osuditi te na smrt
la souris parla sévèrement à Alice
miš je ozbiljno progovorio Alice
« Tu ne fais pas attention ! »
"Ne obraćaš pažnju!"
« À quoi pensez-vous ? »
"O čemu razmišljaš?"
— Je vous demande pardon, dit Alice très humblement
"Oprostite", reče Alice vrlo ponizno
« Tu étais arrivé au cinquième virage, je crois ? »
"Mislim da ste stigli do petog zavoja?"
« Vous m'insultez en disant de telles bêtises ! »
"Vrijeđaš me govoreći takve gluposti!"
Et la souris se leva et s'éloigna
a miš je ustao i otišao
Alice appela la petite souris
Alice je viknula za malim mišem
« S'il vous plaît, revenez et terminez votre histoire ! »
"Molim vas, vratite se i dovršite svoju priču!"
Et les autres se joignirent tous en chœur
I svi ostali su se pridružili u zboru
« Oui, s'il vous plaît, terminez votre histoire ! »
"Da, molim te, završi svoju priču!"
Mais la souris se contenta de secouer la tête avec impatience
Ali miš je samo nestrpljivo odmahnuo glavom
et la petite souris marchait un peu plus vite
i mali mišić je hodao malo brže
« Je voudrais bien avoir Dinah, notre chat, ici ! » dit Alice
"Volio bih da imam Dinah, našu mačku, ovdje!" reče Alice
Cela provoqua une sensation remarquable parmi le parti

To je izazvalo nevjerojatnu senzaciju među strankom
Quelques-uns des oiseaux se hâtèrent de s'éloigner
Neke su ptice odmah požurile
et un canari appela d'une voix tremblante ses enfants ;
i kanarinac je drhtavim glasom pozvao svoju djecu;
« Allez-vous-en, mes chères ! »
"Odlazite, dragi moji!"
« Il est grand temps que vous soyez tous au lit ! »
"Krajnje je vrijeme da svi budete u krevetu!"
Avec diverses excuses, ils sont tous partis
uz razne izgovore svi su otišli
et Alice se retrouva bientôt seule
i Alice je ubrzo ostala sama
« J'aurais aimé ne pas avoir mentionné Dinah ! »
"Volio bih da nisam spomenuo Dinah!"
« Personne n'a l'air de l'aimer ici »
"Čini se da je ovdje dolje nitko ne voli"
« Mais je suis sûr que c'est la meilleure chatte du monde ! »
"ali siguran sam da je ona najbolja mačka na svijetu!"
La pauvre Alice se remit à pleurer
Jadna Alice ponovno je počela plakati
parce qu'elle se sentait très seule et déprimée
jer se osjećala vrlo usamljeno i potišteno
Au bout de peu de temps, cependant, elle entendit de nouveau quelque chose
Međutim, ubrzo je opet nešto čula
un petit bruit de pas au loin
malo tapkanje koraka u daljini
et elle leva les yeux avec impatience
i željno je podigla pogled

Le lapin envoie le petit M. Bill
Zec šalje malog gospodina Billa

C'était le lapin blanc, qui revenait lentement au trot
Bio je to bijeli zec, koji se polako vraćao natrag
Il regardait anxieusement autour de lui en chemin
zabrinuto je gledao uokolo dok je išao
Il avait l'air d'avoir perdu quelque chose
izgledao je kao da je nešto izgubio
Alice l'entendit marmonner pour lui-même
Alice ga je čula kako mrmlja u sebi
— La duchesse ! La Duchesse ! Oh, mes chères pattes !
"Vojvotkinja! Vojvotkinja! O, drage moje šape!"
« Oh, ma fourrure et mes moustaches ! »
"O, moje krzno i brkovi!"
« Elle va me faire exécuter, j'en suis sûr »
"Ona će me pogubiti, u to sam siguran"
« Aussi sûr que les furets sont des furets ! »
"Baš kao što su tvorovi tvorovi!"
« Où ai-je pu laisser tomber mes affaires, je me demande ? »
"Pitam se gdje sam mogao baciti svoje stvari?"

Alice devina en un instant ce qu'il cherchait
Alice je u trenu pogodila što traži
Il cherchait l'éventail de plumes
Tražio je lepezu od perja
et il cherchait la paire de gants blancs
i tražio je par bijelih rukavica
Elle se mit donc très gentiment à chercher les gants
pa je vrlo dobroćudno počela tražiti rukavice
Et elle chercha aussi l'éventail de plumes
A tražila je i lepezu od perja
Mais les gants et l'éventail de plumes étaient introuvables
Ali rukavica i lepeza od perja nisu se nigdje mogli vidjeti
Tout semblait avoir changé depuis sa baignade dans la piscine
Činilo se da se sve promijenilo otkako je plivala u bazenu
Rien n'était pareil depuis qu'elle était dans la grande salle
Ništa nije bilo isto otkad je bila u Velikoj dvorani
et la table de verre avait disparu
i stakleni stol je nestao
Et la petite porte n'était pas là non plus
a ni malih vrata nisu bila tamo
Très vite, le lapin remarqua Alice
Vrlo brzo zec je primijetio Alice
Il l'appela d'un ton furieux
pozvao ju je ljutitim tonom
« Mary Ann, que fais-tu ici ? »
"Mary Ann, što radiš ovdje?"
« Rentre chez toi à l'instant même »
"Trči kući ovog trenutka"
« Et apporte-moi une paire de gants et un éventail de plumes ! »
"I donesi mi par rukavica i lepezu od perja!"
« Et faites vite ! »
"I požuri s tim!"
Alice se parlait à elle-même en s'enfuyant
Alice je govorila sama sa sobom dok je bježala
— Il a dû me prendre pour sa femme de chambre !

"Mora da me je zamijenio za svoju sluškinju!"
« Comme il sera surpris quand il découvrira qui je suis ! »
"Kako će se iznenaditi kad sazna tko sam ja!"
En disant cela, elle tomba sur une petite maison soignée
Dok je to govorila, naišla je na urednu kućicu
Sur la porte de la maison se trouvait une plaque de laiton brillant
Na vratima kuće bila je svijetla mjedena ploča
« W. LAPIN »
"W. ZEK"
Elle entra sans frapper à la porte
Ušla je bez kucanja na vrata
et elle se hâta de monter l'escalier
i požurila je ravno gore
elle craignait de rencontrer la vraie Mary Ann
brinula se da bi mogla upoznati pravu Mary Ann
parce qu'alors elle serait chassée de la maison
jer bi tada bila izbačena iz kuće
et elle ne pourrait pas trouver l'éventail de plumes et les gants
i ne bi mogla pronaći lepezu od perja i rukavice
Alice s'était frayé un chemin dans une petite pièce bien rangée
Alice je pronašla put do uredne male sobe
Dans la pièce, il y avait une table près de la fenêtre
U sobi je bio stol uz prozor
et sur la table, il y avait un éventail de plumes
a na stolu je bila lepeza od perja
et il y avait deux ou trois paires de petits gants blancs
a tu su bila i dva ili tri para sićušnih bijelih rukavica
Elle ramassa l'éventail en plumes et une paire de gants
Uzela je lepezu od perja i par rukavica
et elle allait quitter la pièce
i upravo se spremala napustiti sobu
mais alors ses yeux tombèrent sur une petite bouteille
ali onda joj je pogled pao na malu bočicu
Elle déboucha la bouteille et la porta à ses lèvres

Odčepila je bocu i stavila je na usne
« J'espère que cela me fera redevenir grand »
"Nadam se da ću opet narasti"
« J'en ai marre d'être une toute petite chose ! »
"Umoran sam od toga da budem tako malena stvar!"
Alice avait à peine bu la moitié de la bouteille
Alice je jedva popila pola boce
Sa tête était déjà appuyée contre le plafond
glava joj je već pritiskala strop
et elle dut se baisser
i morala se sagnuti
pour sauver son cou d'être brisé
kako bi spasila vrat od slomljenog
Elle posa précipitamment la bouteille
Žurno je spustila bocu
« C'est bien assez »
"To je sasvim dovoljno"
« J'espère que je ne grandirai plus »
"Nadam se da više neću rasti"
Hélas! Il était trop tard pour souhaiter cela !
Avaj! Bilo je prekasno da to poželim!
Elle n'a cessé de grandir
Nastavila je rasti i rasti
et très vite elle dut s'agenouiller sur le sol
i vrlo brzo je morala kleknuti na pod
Et même alors, elle a continué à grandir
a čak i tada je nastavila rasti
Comme dernière ressource, elle passa un bras par la fenêtre
Kao posljednji resurs izvukla je jednu ruku kroz prozor
et elle mit un pied dans la cheminée
i stavi jednu nogu u dimnjak
« Maintenant, je ne peux plus faire, quoi qu'il arrive »
"Sada ne mogu učiniti više, što god da se dogodi"
« Que vais-je devenir ? »
"Što će biti sa mnom?"

Alice a eu un peu de chance
Alice je imala sreće
La petite bouteille magique avait fait son plein effet
Mala čarobna bočica imala je svoj puni učinak
et Alice ne grandit pas plus qu'elle n'était
a Alice nije narasla više nego što je bila
Au bout de quelques minutes, elle entendit une voix à l'extérieur
Nakon nekoliko minuta začula je glas vani
et elle s'arrêta pour écouter la voix
i zastala je da sluša glas
« Mary Ann ! Mary Ann ! dit la voix
"Mary Ann! Mary Ann!" reče glas
« Apporte-moi mes gants tout de suite ! »
"Donesi mi rukavice ovog trenutka!"
Puis vint un petit claquement de pieds dans l'escalier
Zatim je uslijedilo malo tapkanje nogu po stepenicama
Alice savait que c'était le lapin qui venait la chercher
Alice je znala da je to zec koji je dolazi potražiti

et elle trembla jusqu'à faire trembler la maison
i drhtala je dok nije protresla kuću
elle oublia tout à fait quelles étaient ses proportions
potpuno je zaboravila koje su joj proporcije
Elle était mille fois plus grosse que le lapin
bila je tisuću puta veća od zeca
et elle n'avait aucune raison d'avoir peur d'un lapin
i nije imala razloga bojati se zeca
Bientôt le lapin s'approcha de la porte
Ubrzo je zec prišao vratima
et le petit lapin essaya d'ouvrir la porte
i mali zec je pokušao otvoriti vrata
La porte a commencé à s'ouvrir vers l'intérieur
vrata su se počela otvarati prema unutra
mais le coude d'Alice était fortement appuyé contre la porte
ali Alicein lakat bio je snažno pritisnut na vrata
Cette tentative s'est avérée un échec
taj se pokušaj pokazao neuspješnim
Alice entendit le lapin se parler à lui-même
Alisa je čula kako zec govori sam sa sobom
« Ensuite, je vais faire le tour et entrer par la fenêtre »
"Onda ću otići okolo i ući kroz prozor"
« Que tu ne le feras pas ! » pensa Alice
"Da nećeš!" pomisli Alisa
Et elle attendit encore un peu
i opet je malo čekala
Bientôt, elle entendit le lapin juste sous la fenêtre
Ubrzo je čula zeca odmah ispod prozora
Elle étendit soudain la main
Odjednom je raširila ruku
et elle fit une prise en l'air
I ona je napravila trzaj u zraku
Elle n'a rien attrapé
Nije se ničega dočepala
mais elle entendit un petit cri et une chute
ali čula je mali vrisak i pad
et elle entendit un fracas de verre brisé

i čula je udarac razbijenog stakla
Peut-être le lapin était-il tombé
Možda je zec pao
Peut-être était-il dans une serre
Možda je bio u stakleniku
Puis vint une voix en colère ; La voix du lapin
Zatim se začuo ljutiti glas; Zečji glas
« Pat, où es-tu ? »
"Pat, gdje si?"
Et puis vint une voix qu'elle n'avait jamais entendue auparavant
A onda se začuo glas koji nikada prije nije čula
« Votre honneur, je suis là ! »
"Časni sude, ovdje sam!"
« Je creuse pour trouver des pommes »
"Kopam jabuke"
« Ici ! Venez m'aider à m'en sortir ! »
"Evo! Dođi i pomozi mi da se izvučem iz ovoga!"
« Maintenant, dis-moi, Pat, qu'est-ce qu'il y a dans la fenêtre ? »
"Sad mi reci, Pat, što je to na prozoru?"
« Bien sûr, Votre Honneur, je vais vous le dire »
"Naravno, časni sude, reći ću vam"
« C'est un bras qui est dans la fenêtre ! »
"To je ruka koja je u prozoru!"
« Eh bien, un bras n'a rien à faire là-bas »
"Pa, ruka tamo nema posla"
« Va et enlève le bras ! »
"Idi i makni ruku!"
Il y eut un long silence après cela
Nakon toga je uslijedila duga tišina
et Alice n'entendait que des chuchotements de temps en temps
a Alice je tu i tamo mogla čuti samo šapat
et enfin elle étendit de nouveau la main
i napokon je ponovno raširila ruku
et elle fit une autre arrachée dans les airs

i napravila je još jedan udarac u zrak
Cette fois, il y eut deux petits cris
Ovaj put začula su se dva mala vriska
et il y avait d'autres bruits de verre brisé
i bilo je još zvukova razbijenog stakla
« Je me demande ce qu'ils vont faire ensuite ! » pensa Alice
"Pitam se što će sljedeće učiniti!" pomisli Alice
« J'aimerais qu'ils me tirent par la fenêtre »
"Volio bih da me izvuku kroz prozor"
Elle attendit un certain temps
Čekala je neko vrijeme
Mais pendant un moment, elle n'entendit plus rien
ali neko vrijeme više nije čula ništa
Enfin, il y eut un grondement de petites roues
Napokon se začula tutnjava malih kotačića
et il y eut le son d'un bon nombre de voix
i začuo se zvuk mnogih glasova
Toutes les voix parlaient ensemble
Svi su glasovi razgovarali zajedno
Elle pouvait distinguer certaines des paroles
Mogla je razabrati neke riječi
« Où est l'autre échelle ? »
"Gdje su druge ljestve?"
« Bill a l'autre échelle »
"Bill ima druge ljestve"
« Bill, viens ici ! »
"Bille, dođi ovamo!"
« Le toit va-t-il supporter le fardeau ? »
"Hoće li krov podnijeti teret?"
« Qui veut descendre par la cheminée ? »
"Tko želi sići niz dimnjak?"
— Non, je ne le ferai pas ! Vous le faites !
"Ne, neću! Učini to!"
« Tiens, Bill ! »
"Evo, Bille!"
« Le maître dit qu'il faut descendre par la cheminée ! »
"Gospodar kaže da se moraš spustiti niz dimnjak!"

Alice descendit son pied aussi loin qu'elle le put dans la cheminée
Alice je povukla nogu niz dimnjak što je više mogla
Et puis elle attendit de voir ce qui allait arriver
a onda je čekala da vidi što dolazi
Elle entendit un petit animal gratter et se débattre
čula je malu životinju kako grebe i penje se
Le petit animal doit être dans la cheminée
mala životinja mora biti u dimnjaku
Puis elle donna un coup de pied sec
Zatim je udarila jedan oštar udarac
et elle attendit de voir ce qui allait se passer ensuite
i čekala je da vidi što će se sljedeće dogoditi
Elle entendit un chœur général de voix
čula je opći zbor glasova
« Voilà Bill ! » dirent-ils tous
"Ode Bill!" svi su rekli
Puis elle entendit la voix du lapin seule
Tada je čula zečji glas nasamo
« Toi par la haie, attrape-le ! »
"Ti uz živicu, uhvati ga!"
Il y eut un autre moment de silence
Uslijedio je još jedan trenutak tišine
Et puis il y eut une autre confusion de voix
a onda je nastala još jedna zbrka glasova
« Lève la tête, Brandy »
"Podigni mu glavu, Brandy"
« Attention à ne pas l'étouffer »
"Pazite da ga ne ugušite"
« Qu'est-ce qui t'est arrivé ? »
"Što ti se dogodilo?"
Enfin, une petite voix faible et grinçante est apparue
Posljednji je došao slabašan, škripavi glas
« Eh bien, je n'en sais presque pas plus »
"Pa, jedva da više ne znam"
« merci à tous, je vais mieux maintenant »
"hvala svima, sada mi je bolje"

« il y a une chose dont je peux me souvenir »
"Postoji jedna stvar koje se mogu sjetiti"
« Quelque chose vient à moi comme un train dans un
tunnel »
"Nešto mi dolazi kao vlak u tunelu"
« Et je vole comme une fusée ! »
"i letim gore kao raketa!"
Il y eut une minute ou deux de silence
Uslijedila je minuta ili dvije šutnje
puis ils ont recommencé à se déplacer
a onda su se opet počeli kretati
et Alice entendit de nouveau le Lapin parler
i Alisa je ponovno čula Zeca kako govori
« Une brouette fera l'affaire, pour commencer »
"Za početak će biti dovoljna kolica"
« Une brouette pleine de quoi ? » pensa Alice
"Gomila puna čega?" pomisli Alice
Mais elle ne fut pas tenue en suspens longtemps
Ali nije dugo držana u neizvjesnosti
Une pluie de petits cailloux est passée par la fenêtre
kiša sitnih kamenčića ušla je kroz prozor
et quelques petits cailloux l'ont frappée au visage
a neki od malih kamenčića pogodili su je u lice
Alice fut surprise par les petits cailloux
Alice je bila iznenađena malim kamenčićima
Tous les petits cailloux se transformaient en gâteaux
svi mali kamenčići pretvarali su se u kolače
et une idée lumineuse lui vint à l'esprit
i pala joj je na pamet sjajna ideja
« Je devrais manger un de ces gâteaux »
"Trebao bih pojesti jedan od ovih kolača"
« Le gâteau ne manquera pas de faire changer ma taille »
"Torta će sigurno napraviti neku promjenu u mojoj veličini"
Alors elle a avalé l'un des gâteaux
I tako je progutala jedan od kolača
et elle fut ravie de constater qu'elle commençait à rétrécir
i bila je oduševljena kad je otkrila da se počela smanjivati

Bientôt, elle fut assez petite pour franchir la porte
Uskoro je bila dovoljno mala da prođe kroz vrata
Elle s'est enfuie de la maison
istrčala je iz kuće
Une foule de petits animaux et d'oiseaux attendaient dehors
gomila malih životinja i ptica čekala je vani
tous les petits oiseaux et les petits animaux se précipitèrent sur Alice
sve male ptice i životinje pohrlili su na Alice
Mais elle s'enfuit aussi vite qu'elle le put
ali pobjegla je što je brže mogla
et bientôt elle se trouva en sécurité dans un bois épais
i ubrzo se našla na sigurnom u gustoj šumi
Alice errait dans les bois
Alice je lutala šumom
Et elle pensa en elle-même :
I pomislila je:
« Je sais ce que je dois faire en premier »
"Znam što prvo moram učiniti"
« Je dois d'abord grandir à ma bonne taille »
"Prvo moram ponovno narasti do svoje prave veličine"
« et puis je dois trouver mon chemin dans ce joli jardin »
"a onda moram pronaći put do tog lijepog vrta"
« Je suppose que je devrais manger ou boire quelque chose ou autre »
"Pretpostavljam da bih trebao pojesti ili popiti nešto ili drugo"
« Mais la question est de savoir ce que je dois manger ou boire ? »
"ali pitanje je što bih trebao jesti ili piti?"
Alice regarda tout autour d'elle les fleurs
Alice je pogledala oko sebe u cvijeće
et elle regarda à travers les brins d'herbe
i gledala je kroz vlati trave
mais elle ne voyait rien à manger ni à boire
ali nije mogla vidjeti ništa za jelo ili piće
Rien ne semblait être la bonne chose à manger ou à boire
ništa nije izgledalo kao prava stvar za jelo ili piće

Il y avait un gros champignon qui poussait près d'elle
U blizini je rasla velika gljiva
le champignon était à peu près de la même taille qu'Alice
gljiva je bila otprilike iste visine kao Alice
Elle s'étira sur la pointe des pieds
Ispružila se na prstima
Et elle jeta un coup d'œil par-dessus le bord du champignon
i provirila je preko ruba gljive
Ses yeux rencontrèrent immédiatement les yeux d'une
grande chenille bleue
oči su joj se odmah susrele s očima velike plave gusjenice
La chenille était assise sur le sommet du champignon
gusjenica je sjedila na vrhu gljive
et la chenille avait croisé tous ses bras
i gusjenica mu je prekrižila sve ruke
et il fumait tranquillement un long narguilé
i tiho je pušio dugu nargilu
et il ne faisait pas la moindre attention à rien
i nije obraćao nimalo pažnje ni na što
et il n'a certainement pas fait attention à Alice
i sigurno nije obraćao pažnju na Alice

Les conseils d'une chenille
Savjet gusjenice

Finalement, la chenille a retiré le narguilé de sa bouche
Napokon je gusjenica izvadila nargilu iz usta
et il s'adressa à Alice d'une voix languissante et endormie
i obratio se Alice mlitavim, pospanim glasom
« Qui es-tu ? » demanda la chenille
"Tko si ti?" upita gusjenica

Alice a répondu, plutôt timidement : « Je sais à peine, monsieur. »
Alice je odgovorila, pomalo sramežljivo: "Jedva znam, gospodine"
« Juste pour le moment, c'est un peu... »
"Samo u ovom trenutku sve je pomalo..."
« Je sais qui j'étais quand je me suis levé ce matin" »
"Znam tko sam bio kad sam jutros ustao""
« mais je pense que j'ai dû changer plusieurs fois depuis »
"ali mislim da sam se od tada promijenio nekoliko puta"
« Qu'est-ce que tu veux dire par là ? » dit la chenille
"Što time mislite?" upita gusjenica

sévèrement, la chenille lui demanda de s'expliquer
Gusjenica ju je strogo zamolila da objasni
— **Je ne peux pas m'expliquer, j'en ai peur, monsieur, dit Alice**
"Bojim se da se ne mogu objasniti, gospodine", reče Alice
« parce que je ne suis pas moi-même »
"jer nisam svoj"
« Vous voyez, être de tant de tailles différentes en une journée, c'est très déroutant »
"Vidite, biti toliko različitih veličina u jednom danu vrlo je zbunjujuće"
Elle se redressa et dit très gravement :
Izvukla se i vrlo ozbiljno rekla:
« Je pense que tu devrais me dire qui tu es, en premier »
"Mislim da bi mi prvo trebao reći tko si"
« Pourquoi ? » demanda la chenille
"Zašto?" upita gusjenica
Alice ne voyait aucune bonne raison
Alice se nije mogla sjetiti nikakvog dobrog razloga
et la chenille semblait être dans un état d'esprit très désagréable
i činilo se da je gusjenica u vrlo neugodnom stanju uma
alors elle s'en retourna
pa se okrenula
« Reviens ! » la chenille l'appela
"Vrati se!" gusjenica je viknula za njom
« J'ai quelque chose d'important à dire ! »
"Imam nešto važno za reći!"
Alice se retourna et revint
Alice se okrenula i vratila
« Garde ton sang-froid », dit la chenille
"Zadrži živce", reče gusjenica
— **C'est tout ? dit Alice**
"Je li to sve?" upita Alice
Et elle ravala sa colère de son mieux
i progutala je svoj bijes najbolje što je mogla
« Non, » dit la chenille

"Ne", rekla je gusjenica

La chenille déplia ses bras

gusjenica je raširila ruke

Et il retira le narguilé de sa bouche

i opet je izvadio nargilu iz usta

et il a dit : « Vous pensez donc que vous avez changé, n'est-ce pas ? »

a on je rekao: "Dakle, mislite da ste se promijenili, zar ne?"

— J'ai peur, je suis changée, monsieur, dit Alice

"Bojim se, promijenila sam se, gospodine", reče Alice

« Je ne me souviens plus des choses comme je m'en souvenais »

"Ne mogu se sjetiti stvari onako kako sam ih se sjećao"

« et je ne reste pas plus de dix minutes de la même taille ! »

"I ne ostajem iste veličine dulje od deset minuta!"

« Quelle taille veux-tu faire ? » demanda la chenille

"Koje veličine želiš biti?" upitala je gusjenica

— Oh, ma taille ne me dérange pas particulièrement, répondit vivement Alice

"Oh, nije mi posebno važno koje sam veličine", odgovorila je Alice žurno

« Je n'aime pas changer de taille si souvent, vous savez »

"Jednostavno ne volim tako često mijenjati veličinu, znaš"

« J'aimerais être un peu plus grand, monsieur »

"Volio bih biti malo veći, gospodine"

— Si cela ne vous dérange pas, ajouta Alice

"Ako vam ne smeta", doda Alice

« Dix centimètres, c'est une taille si misérable »

"Deset centimetara je tako bijedna visina"

« C'est une très bonne hauteur en effet ! » dit la chenille avec colère

"To je doista vrlo dobra visina!" reče gusjenica ljutito

et il se redressa tout en parlant

i uspravio se dok je govorio

Il mesurait exactement dix centimètres de haut

Bio je visok točno deset centimetara

Au bout d'une minute ou deux, la chenille s'est détachée du

champignon
Za minutu ili dvije, gusjenica je sišla s gljive
et il s'enfonça en rampant dans l'herbe
i otpuzao je u travu
En s'éloignant, il fit quelques petites remarques
Dok je odlazio, iznio je neke male primjedbe
« Un côté vous fera grandir »
"Jedna strana će vas učiniti višim"
« Et l'autre côté te fera rapetisser »
"a druga strana će te skratiti"
« Un côté de quoi ? » pensa Alice en elle-même
"Jedna strana čega?" pomislila je Alice u sebi
« L'autre côté de quoi ? »
"S druge strane čega?"
« Le côté du champignon », dit la chenille
"Sa strane gljive", reče gusjenica
C'était comme si elle avait posé sa question à haute voix
kao da je naglas postavila svoje pitanje
et un instant plus tard, il fut hors de vue
i u drugom trenutku, nestao je iz vidokruga
Alice resta pensivement à regarder le champignon
Alice je ostala zamišljeno promatrati gljivu
Elle essayait de distinguer quels étaient les deux côtés du champignon
Pokušavala je razabrati koje su dvije strane gljive
Enfin, elle étendit ses bras autour du champignon
Naposljetku je ispružila ruke oko gljive
Et elle cassa un peu les bords
i odlomila je malo rubova
« Et maintenant, de quel côté est-ce ? » se dit-elle
"A sada, koja je strana koja?" rekla je u sebi
et elle grignota un peu du mors de la main droite
i grickala je malo desne ruke
L'instant d'après, elle sentit un violent coup sous son menton
Sljedećeg trenutka osjetila je snažan udarac ispod brade
Son menton avait heurté son pied !

brada joj je udarila u stopalo!
Elle fut bien effrayée par ce changement très soudain
Bila je prilično uplašena ovom vrlo iznenadnom promjenom
Elle rétrécissait très rapidement
Vrlo brzo se smanjivala
Alors elle a rapidement mangé un peu de l'autre morceau de champignon
pa je brzo pojela još malo gljive
Son menton était très serré contre son pied
Brada joj je bila vrlo čvrsto pritisnuta uz stopalo
Il y avait à peine de la place pour ouvrir la bouche
jedva da je bilo mjesta da otvori usta
mais elle parvint enfin à ouvrir la bouche
ali napokon je uspjela otvoriti usta
et elle avala un morceau du mors de la main gauche
i progutala je zalogaj lijeve ruke
« Ma tête a enfin été libérée ! » dit Alice
"Glava mi je napokon oslobođena!" reče Alisa
Elle baissa les yeux sur elle-même
pogledala je dolje na sebe
mais tout ce qu'elle pouvait voir, c'était une immense longueur de cou
ali sve što je mogla vidjeti bio je ogroman vrat
Son cou semblait se dresser comme une tige
vrat joj se podigao poput stabljike
et elle baissa les yeux sur une mer de feuilles vertes
i pogledala je dolje preko mora zelenog lišća
« Où sont passées mes épaules ? »
"Gdje su moja ramena došla?"
« Et oh, mes pauvres mains, comment se fait-il que je ne puisse pas vous voir ? »
"I oh, moje jadne ruke, kako to da te ne vidim?"
Mais son cou avait un avantage
Ali njezin je vrat imao jednu korist
Elle pouvait bouger la tête dans n'importe quelle direction
mogla je pomicati glavu u bilo kojem smjeru
En fait, elle était comme un serpent

zapravo, bila je poput zmije
Elle zigzague gracieusement, la tête baissée
Graciozno je cik-cak spustila glavu prema dolje
et elle remua la tête à travers les arbres
i pomaknula je glavu kroz drveće
Mais elle entendit alors un sifflement aigu
ali onda je začula oštro siktanje
Et elle tira rapidement la tête en arrière
i brzo je povukla glavu unatrag
Un gros pigeon lui avait volé au visage
veliki golub joj je uletio u lice
et le pigeon était violemment avec ses ailes
a golub je bio nasilno s krilima

« Serpent ! » cria le pigeon

"Zmija!" uzviknuo je golub

« Je ne suis pas un serpent ! » dit Alice avec indignation

"Ja nisam zmija!" reče Alice ogorčeno

« Laisse-moi tranquille ! »

"Ostavi me na miru!"

« J'ai essayé les racines des arbres »

"Probao sam korijenje drveća"

— Et j'ai essayé des haies, continua le pigeon

"I probao sam živice", nastavio je golub

« Mais ces serpents ! Il n'y a pas moyen de leur plaire !

"Ali te zmije! Nema ih ugoditi!"

Alice était de plus en plus perplexe

Alice je bila sve više i više zbunjena

« Comme si ce n'était pas assez compliqué de faire éclore les œufs », a déclaré le pigeon

"Kao da nije bilo dovoljno problema s izlijeganjem jaja", rekao je golub

« Nuit et jour, je dois aussi faire attention aux serpents ! »

"Danju i noću moram paziti i na zmije!"

« Je venais de trouver l'arbre le plus haut de la forêt »

"Upravo sam pronašao najviše stablo u šumi"

« Je serais sûrement libre des serpents ici ? »

"Sigurno bih ovdje bio slobodan od zmija?"

« Et un serpent sort du ciel ! »

"I izlazi zmija s neba!"

« Mais je ne suis pas un serpent, je vous le dis ! » dit Alice

"Ali ja nisam zmija, kažem ti!" reče Alisa

"Je suis un... Je suis un... Je suis une petite fille, ajouta-t-elle d'un air un peu dubitatif

"Ja sam... Ja sam... Ja sam djevojčica", dodala je prilično sumnjičavo

Après tout, elle avait traversé beaucoup de changements

Na kraju krajeva, prošla je kroz mnoge promjene

« Tu cherches des œufs », dit le pigeon

"Tražiš jaja", rekao je golub

« Je le sais pertinemment »

"Znam to zasigurno"
« Et qu'importe que vous soyez une petite fille ou un serpent ? »
"A kakve veze ima jesi li djevojčica ili zmija?"
— Cela m'importe beaucoup, dit Alice à la hâte
"To mi je jako važno", reče Alice žurno
« mais je ne cherche pas d'œufs, en l'occurrence »
"ali ja ne tražim jaja, kao što to biva"
« et je ne voudrais pas de tes œufs de toute façon »
"i ionako ne bih želio tvoja jaja"
« Je n'aime pas mes œufs crus »
"Ne volim svoja jaja sirova"
« Eh bien, allez-vous-en ! » dit le pigeon d'un ton boudeur
"Pa, onda odlazi!" rekao je golub mrzovoljnim tonom
et le pigeon se posa de nouveau dans son nid
i golub se ponovno smjestio u svoje gnijezdo
Alice s'accroupit parmi les arbres du mieux qu'elle put
Alice je čučnula među drvećem najbolje što je mogla
Son cou ne cessait de s'emmêler parmi les branches
vrat joj se stalno zapetljao među grane
De temps en temps, elle devait s'arrêter et se tordre le cou
Svako malo morala je stati i odmotati vrat
Au bout d'un moment, elle se souvint du champignon
Nakon nekog vremena sjetila se gljive
Elle tenait toujours les morceaux de champignon dans ses mains
još uvijek je držala komadiće gljive u rukama
et elle se mit à l'œuvre avec beaucoup de soin
i počela je vrlo pažljivo raditi
D'abord, elle a grignoté un morceau
Prvo je grickala jedan komad
puis elle grignota l'autre morceau
a onda je grickala drugi komad
Parfois, elle grandissait
ponekad je narasla
et parfois elle devenait plus petite
a ponekad je postajala niža

Mais finalement, elle a atteint sa taille habituelle
ali na kraju je postigla svoju uobičajenu visinu
Elle n'avait pas été de sa taille depuis un certain temps
već neko vrijeme nije bila svoje visine
Tout m'a semblé étrange pendant un moment
Tako da se sve neko vrijeme činilo čudnim
« La prochaine chose à faire est d'entrer dans ce beau jardin »
"Sljedeće što treba učiniti je ući u taj prekrasan vrt"
« Comment cela se fera-t-il, je me demande ? »
"Kako se to može učiniti, pitam se?"
En disant cela, elle tomba sur un endroit ouvert
Dok je to govorila, naišla je na otvoreno mjesto
Il y avait une petite maison, un peu plus haute qu'un mètre
Bila je kućica, malo viša od metra
« Je me demande qui habite cette petite maison »
"Pitam se tko živi u ovoj kućici"
« Je ne peux certainement pas y aller aussi grand que je le suis »
"Sigurno ne mogu ući tako velik kao što jesam"
« Je les effrayerais terriblement ! »
"Strašno bih ih uplašio!"
alors elle grignota à nouveau le petit champignon
pa je opet grickala malu gljivu
et bientôt elle s'abaissa de trente centimètres
i ubrzo se spustila za trideset centimetara

Un cochon et du poivre
Svinja i malo papra

Pendant une minute ou deux, elle resta à regarder la maison
Minutu ili dvije stajala je gledajući kuću
Soudain, un valet de pied sortit en courant des bois
odjednom je iz šume istrčao sluga
Il portait un uniforme de livrée spécial
nosio je posebnu uniformu livreje
à en juger par son seul visage, elle l'aurait traité de poisson
Sudeći samo po njegovom licu, nazvala bi ga ribom
et il frappa bruyamment à la porte avec ses jointures
i glasno je pokucao prstima na vrata
La porte fut ouverte par un autre valet de pied
vrata je otvorio drugi sluga
Ce valet de pied portait également une livrée spéciale
I ovaj je sluga nosio posebnu livreju
Ce valet de pied avait un visage rond et de grands yeux comme une grenouille
Ovaj sluga imao je okruglo lice i velike oči poput žabe

**C'est le valet de pied qui ressemblait à un poisson qui a
initié la cérémonie**
Sluga koji je izgledao kao riba započeo je ceremoniju
Il sortit quelque chose de sous son bras
Izvukao je nešto ispod ruke
et il tira de dessous son bras une enveloppe
i izvukao je ispod ruke omotnicu
et cette enveloppe, il la remit à l'autre valet de pied
i tu je omotnicu predao drugom slugi
D'un ton cérémoniel, il lui donna les ordres
Svečanim tonom izrekao mu je zapovijedi
« Ce message s'adresse à la duchesse »
"Ova poruka je za vojvotkinju"
« Une invitation de la reine à jouer au croquet »
"Poziv kraljice da igramo kroket"
**Le valet de pied qui ressemblait à une grenouille répéta
l'ordre**
Sluga koji je izgledao kao žaba ponovio je naredbu
« De la reine »
"od kraljice"
« Une invitation »
"poziv"
« pour la duchesse »
"za vojvotkinju"
« Jouer au croquet »
"Igranje kroketa"
Puis ils s'inclinèrent tous les deux
Zatim su se oboje nisko naklonili
et les boucles de leurs perruques s'emmêlèrent
i kovrče na njihovim perikama su se ispreplele
**Bientôt, le valet de pied qui ressemblait à un poisson a
disparu**
Ubrzo je nestao sluga koji je izgledao kao riba
**Mais le valet de pied qui ressemblait à une grenouille était
toujours là**
Ali sluga koji je izgledao kao žaba još uvijek je bio tamo
Il était assis par terre près de la porte

sjedio je na tlu blizu vrata

Il regardait bêtement le ciel

glupo je zurio u nebo

Alice s'approcha timidement de la porte et frappa

Alice je sramežljivo prišla vratima i pokucala

— Il ne sert à rien de frapper, dit le valet de pied

"Nema smisla kucati", rekao je sluga

« Et ce, pour deux raisons »

"I to iz dva razloga"

**« D'abord, parce que je suis du même côté de la porte que
toi »**

"Prvo, zato što sam na istoj strani vrata kao i ti"

**« Deuxièmement, parce qu'ils font tellement de bruit à
l'intérieur »**

"Drugo, zato što iznutra prave toliku buku"

« Personne ne pouvait vous entendre »

"Nitko te nikako nije mogao čuti"

**Et il y avait certainement un bruit des plus extraordinaires à
l'intérieur**

I zasigurno se unutra događala najneobičnija buka

des hurlements et des éternuements constants

stalno zavijanje i kihanje

et de temps en temps un bruit de grand fracas

i s vremena na vrijeme zvuk velikog udarca

**comme si un plat ou une bouilloire avait été brisé en
morceaux**

kao da je tanjur ili kuhalo za vodu razbijeno na komadiće

« Comment vais-je entrer ? » demanda Alice

"Kako da uđem?" upita Alice

— Faut-il que tu entres ? dit le valet de pied

"Trebate li uopće uđivati?" upita sluga

« C'est la première question, vous savez »

"To je prvo pitanje, znaš"

Alice ouvrit la porte et entra

Alice je otvorila vrata i ušla

La porte menait directement à une grande cuisine

Vrata su vodila ravno u veliku kuhinju

La cuisine était pleine de fumée d'un bout à l'autre
kuhinja je bila puna dima s jednog kraja na drugi
au milieu de la cuisine se trouvait la duchesse
u sredini kuhinje bila je vojvotkinja
Elle était assise sur un tabouret à trois pieds
Sjedila je na tronožnoj stolici
et elle allaitait un bébé
i dojila je bebu
Le cuisinier était penché au-dessus du feu
kuharica se naginjala nad vatru
Il remuait un grand chaudron
Miješao je veliki kotao
et le chaudron semblait être plein de soupe
i činilo se da je kotao pun juhe
**« Il y a certainement trop de poivre dans cette soupe ! » Alice
se dit**
"U toj juhi sigurno ima previše papra!" Alice je rekla u sebi
Elle l'a dit du mieux qu'elle a pu sans éternuer
rekla je to najbolje što je mogla bez kihanja
Même la duchesse éternuait de temps en temps
Čak je i vojvotkinja povremeno kihnula
Mais les actions du bébé étaient les plus remarquables
Ali djetetovi postupci bili su najznačajniji
Le bébé éternuait et hurlait alternativement
beba je naizmjenično kihala i zavijala
**Il n'y avait pas un instant de pause entre les hurlements et
les éternuements**
Nije bilo ni trenutka stanke između zavijanja i kihanja
**Il y avait deux créatures dans la cuisine qui n'éternuaient
pas**
U kuhinji su bila dva stvorenja koja nisu kihala
Le cuisinier était trop occupé pour éternuer
kuharica je bila previše zauzeta da kihne
et le gros chat ne semblait pas se soucier du poivre
a velika mačka kao da joj paprika nije smetala
Au lieu de cela, le gros chat souriait d'une oreille à l'autre
umjesto toga, velika mačka se smiješila od uha do uha

— Pourriez-vous me le dire, s'il vous plaît, dit Alice un peu timidement

"Molim vas, hoćete li mi reći", reče Alice, pomalo sramežljivo

« Pourquoi ton chat sourit-il comme ça ? »

"Zašto se tvoja mačka tako smiješi?"

« C'est un Cheshire-Cat, » dit la duchesse

"To je Cheshire-mačka", reče vojvotkinja

« Et c'est pourquoi il sourit d'une oreille à l'autre »

"I zato se smiješi od uha do uha"

« Je ne savais pas qu'un Cheshire-Cat souriait toujours »

"Nisam znao da se Cheshire-Cat uvijek ceri"

« En fait, je ne savais pas que les chats pouvaient sourire », a déclaré Alice

"Zapravo, nisam znala da se mačke mogu smiješiti", rekla je Alice

— Il y a beaucoup de choses que vous ne savez pas, dit la duchesse

"Ima mnogo toga što ne znate", reče vojvotkinja

« Il y a beaucoup de choses que vous ne savez pas et c'est un fait »

"Ima mnogo toga što ne znate i to je činjenica"

Juste à ce moment-là, le cuisinier retira le chaudron de soupe du feu

Upravo tada kuhar je skinuo kotao juhe s vatre

et aussitôt, elle commença à jeter tout ce qui était à sa portée

i odmah je počela bacati sve što joj je bilo nadohvat ruke

elle jeta tout ce qu'elle put sur la duchesse et le bébé

bacila je sve što je mogla na vojvotkinju i bebu

D'abord, elle jeta les fers à feu

Prvo je bacila željeza za vatru

Puis elle a jeté une poignée de casseroles

Zatim je bacila šaku lonaca

et enfin elle jeta les assiettes et les plats

i na kraju je bacila tanjure i posuđe

La duchesse ne fit pas attention à elle

Vojvotkinja je nije primijetila

Même lorsqu'elle a été frappée par une assiette, elle ne s'est

pas inquiétée
Čak i kad ju je udario tanjur, nije se brinula
Le bébé hurlait déjà tellement
beba je već toliko zavijala
Il était donc impossible de dire si les coups blessaient le bébé ou non
pa je bilo nemoguće reći jesu li udarci povrijedili bebu ili ne
« Oh, je vous en prie, faites attention à ce que vous faites ! » s'écria Alice
"Oh, molim te, pazi što radiš!" uzvikne Alice
et elle sautait de haut en bas dans une agonie de terreur
i skakala je gore-dolje u agoniji užasa
la duchesse offrit le bébé à Alice
vojvotkinja je ponudila Alice bebu
« Ici ! Tu peux allaiter un peu le bébé, si tu veux !
"Evo! Možete malo dojiti dijete, ako želite!"
et elle lui lança l'enfant tout en parlant
i bacila je dijete na nju dok je govorila
« Je dois aller me préparer à jouer au croquet avec la reine »
"Moram otići i spremiti se za igranje kroketa s kraljicom"
et elle se hâta de sortir de la chambre
i požurila je iz sobe
Alice attrapa le bébé avec quelque difficulté
Alice je uhvatila bebu s nekim poteškoćama
parce que c'était une petite créature de forme très étrange
jer je to bilo malo stvorenje vrlo čudnog oblika
et l'enfant tendit les bras et les jambes dans toutes les directions
a dijete je ispružilo ruke i noge u svim smjerovima
« Je ferais mieux d'emmener cet enfant avec moi », pensa Alice
"Bolje da odvedem ovo dijete sa sobom", pomislila je Alice
« Ils sont sûrs de tuer ce bébé dans un jour ou deux »
"Sigurno će ubiti ovu bebu za dan ili dva"
« Ne serait-ce pas un meurtre de laisser ce bébé derrière soi ? »
"Ne bi li bilo ubojstvo ostaviti ovu bebu iza sebe?"

Elle prononça les derniers mots à haute voix
Posljednje riječi izgovorila je naglas
Et la petite créature grogna en réponse
a mala stvar je gunđala u odgovoru
« Tu ferais mieux de ne pas te transformer en cochon, ma chère, » dit Alice
"Bolje ti je da se ne pretvoriš u svinju, draga moja", reče Alice
« ou alors je n'aurai plus rien à faire avec toi »
"inače više neću imati ništa s tobom"
Alice commençait à peine à penser en elle-même :
Alice je tek počela razmišljati:
« Maintenant, que vais-je faire de cette créature, quand je la ramène à la maison ? »
"Sada, što da radim s tim stvorenjem, kad ga odnesem kući?"
Mais alors la petite créature grogna un peu violemment
ali onda je malo stvorenje malo silovito gunđalo
et Alice baissa les yeux sur son visage avec une certaine inquiétude
a Alisa ga pogleda u lice u nekoj uznemirenosti
Cette fois, il ne pouvait y avoir d'erreur à ce sujet
Ovaj put nije moglo biti zabune oko toga
Ce n'était ni plus ni moins qu'un cochon
nije bila ni više ni manje od svinje
alors elle déposa la petite créature
I tako je spustila malo stvorenje
et la petite créature s'éloigna tranquillement dans le bois
i malo stvorenje tiho odjuri u šumu
Alice se sentit tout à fait soulagée de voir la créature partir
Alice je osjetila olakšanje kad je vidjela stvorenje kako odlazi
Alice fut un peu surprise en voyant le Chat-Cheshire
Alice je bila pomalo zaprepaštena kad je vidjela Cheshire-Cat
Il était assis sur une branche d'arbre à quelques mètres de là
sjedio je na grani drveta nekoliko metara dalje
Le chat ne sourit que lorsqu'il la vit
Mačka se samo nacerila kad ju je vidjela
« Chat du Cheshire », commença Alice un peu timidement
"Cheshire-mačka", započela je Alice, prilično sramežljivo

« Pourriez-vous s'il vous plaît me dire dans quelle direction
je dois aller à partir d'ici ? »
"Hoćete li mi, molim vas, reći kojim putem trebam ići
odavde?"
« Dans cette direction », dit le chat
"U tom smjeru", rekla je mačka
et il agita la patte droite
i mahao je desnom šapom uokolo
« C'est dans cette direction que vit un fabricant de
chapeaux »
"U tom smjeru živi proizvođač šešira"
puis le chat agita son autre patte
a onda je mačka zamahnula drugom šapom
« Et dans cette direction vit un lièvre de marche »
"I u tom smjeru živi maršovski zec"
« Visitez l'un ou l'autre de vos goûts ; Ils sont tous les deux
fous"
"Posjetite kako god želite; oboje su ludi"
— Mais je ne veux pas aller parmi des fous, remarqua Alice
"Ali ne želim ići među lude ljude", primijetila je Alice
« Oh, tu ne peux pas t'en empêcher, » dit le Chat
"Oh, ne možeš si pomoći", reče Mačka
« Nous sommes tous fous ici »
"Ovdje smo svi ludi"
« Tu joues au croquet avec la reine aujourd'hui ? »
"Igraš li danas kroket s kraljicom?"
— J'aimerais beaucoup, dit Alice
"Jako bih voljela", reče Alice
« mais je n'ai pas encore été invité »
"ali još nisam pozvan"
« Tu me verras là-bas », dit le Chat
"Vidjet ćeš me tamo", reče Mačka
et d'un instant à l'autre le chat disparaissait
i iz trenutka u trenutak mačka je nestajala
bientôt Alice arriva en vue de la maison du lièvre de marche
ubrzo je Alisa ugledala kuću maršovskog zeca
C'était une très grande maison

Ovo je bila vrlo velika kuća
alors Alice ne voulait pas s'approcher de la maison
pa se Alice nije htjela približiti kući
D'abord, elle a dû grignoter un peu plus du morceau de champignon du côté gauche
prvo je morala grickati još malo gljive s lijeve strane

Un thé fou
luda čajanka

Devant la maison, il y avait un arbre
Ispred kuće bilo je drvo
et sous l'arbre, il y avait une table
a ispod stabla bio je stol
et la table était dressée avec toutes sortes de couverts
a stol je bio postavljen sa svakakvim priborom za jelo
Le lièvre de mars et le chapelier étaient à table
Martovski zec i šеširar bili su za stolom
et ensemble ils prenaient le thé
i zajedno su pili čaj
Un loir était assis entre eux
Između njih je sjedio puh
et le loir dormait profondément
a puh je čvrsto spavao
La table était d'une taille extraordinaire
Stol je bio izvanredne veličine
mais la majeure partie de la table était inoccupée
ali veći dio stola bio je nezauzet
**Ils étaient assis serrés les uns contre les autres dans un coin
de la table**
sjedili su nagurani zajedno u jednom kutu stola
et pourtant ils s'excusaient quand ils voyaient Alice
a ipak su se opravdavali kad su vidjeli Alice
« Pas de place ! Pas de place ! » crièrent-ils
"Nema mjesta! Nema mjesta!" vikali su
« Il y a beaucoup de place ! » dit Alice avec indignation
"Ima dovoljno mjesta!" reče Alice ogorčeno
**À l'une des extrémités de la table, il y avait un grand
fauteuil**
Na jednom kraju stola nalazila se velika fotelja
et Alice s'assit dans le fauteuil
a Alice je sjela u fotelju
Le chapelier ouvrit de grands yeux
Šеširar je širom otvorio oči
Il n'arrivait pas à croire ce qu'il voyait

nije mogao vjerovati što vidi
Mais son esprit était curieux d'autres choses
ali njegov je um bio znatiželjan o drugim stvarima
« Pourquoi un corbeau est-il comme un bureau ? »
"Zašto je gavran poput pisaćeg stola?"
Alice était prête à relever le défi
Alice je bila otvorena za izazov
« Je suis content qu'ils aient commencé à poser des énigmes »
"Drago mi je da su počeli postavljati zagonetke"
— Je crois que je peux le deviner, ajouta-t-elle à haute voix
"Vjerujem da to mogu pogoditi", dodala je naglas
Le lièvre de mars s'est curieux de connaître Alice
Zec je postao znatiželjan za Alice
« Pensez-vous vraiment que vous pouvez trouver la réponse ? »
"Zar stvarno misliš da možeš pronaći odgovor?"
— Je crois que je peux trouver la réponse, en effet, dit Alice
"Mislim da doista mogu pronaći odgovor", reče Alice
« Alors, tu devrais dire ce que tu veux dire », continua le lièvre de marche
"Onda bi trebao reći što misliš", nastavio je marširajući zec
— Je dis ce que je pense, répondit vivement Alice
"Govorim ono što mislim", Alice je žurno odgovorila
« à tout le moins, je pense ce que je dis »
"u najmanju ruku mislim ono što govorim"
« C'est la même chose, vous savez »
"To je ista stvar, znaš"
Le loir a également contribué à la conversation
Puh je također pridonio razgovoru
mais le loir semblait parler dans son sommeil
ali činilo se da puh govori u snu
« Je respire quand je dors »
"Dišem dok spavam"
« Je dors quand je respire ! »
"Spavam kad dišem!"
« Autant dire qu'ils sont les mêmes aussi »

"Mogli biste reći da su i oni isti"
« C'est la même chose pour toi », dit le chapelier
"Isto je i s tobom", reče šeširar
Et il versa un peu de thé sur le nez du loir
i natočio je malo čaja na nos puha
Le Loir secoua la tête avec impatience
Puh je nestrpljivo odmahnuo glavom
et le loir parla de nouveau, sans ouvrir les yeux
I opet je puh progovorio, ne otvarajući oči
« Bien sûr, bien sûr que c'est la même chose »
"Naravno, naravno da je isto"
« C'est juste ce que j'allais dire moi-même »
"To je upravo ono što sam htio reći"

Le chapelier se tourna vers Alice et lui posa une autre question
Proizvođač šešira okrenuo se prema Alice i postavio još jedno pitanje
« As-tu déjà deviné l'énigme ? »
"Jesi li već pogodio zagonetku?"
« Non, j'abandonne », a concédé Alice
"Ne, odustajem", priznala je Alice
« Quelle est la réponse ? » voulait-elle savoir
"Koji je odgovor?" željela je znati

— Je n'en ai pas la moindre idée, dit le chapelier

"Nemam pojma", rekao je šеširar

« Moi non plus, » dit le lièvre de marche

"Ni ja ne znam", reče maršijski zec

Alice poussa un soupir de lassitude

Alice je umorno uzdahnula

« Il y a de meilleures utilisations du temps que des énigmes sans réponses »

"Postoje bolje iskorištenosti vremena od zagonetki bez odgovora"

« Prends encore du thé », dit le lièvre de marche à Alice, très sérieusement

"Popijte još malo čaja", rekao je zec Alice vrlo ozbiljno

Alice était assez offensée par l'offre

Alice je bila prilično uvrijeđena ponudom

— Je n'ai pas encore pris de thé, répondit Alice

"Još nisam popila čaj", odgovori Alice

« donc je ne peux plus prendre de thé »

"stoga ne mogu više piti čaj"

— Vous voulez dire que vous ne pouvez pas prendre moins de thé, dit le chapelier

"Misliš, ne možeš popiti manje čaja", rekao je proizvođač šešira

« C'est très facile de prendre plus que rien »

"Vrlo je lako uzeti više od ničega"

À ces mots, Alice se leva et s'en alla

Na to je Alice ustala i otišla

Le loir s'endormit instantanément

Puh je odmah zaspao

et ni l'un ni l'autre ne firent la moindre attention à son départ

i nitko od ostalih nije ni najmanje primijetio njezin odlazak

bien qu'elle ait regardé en arrière une ou deux fois

iako se jednom ili dvaput osvrnula

Ils essayaient de mettre le loir dans la théière

Pokušavali su staviti puha u čajnik

« En tout cas, je n'y retournerai plus ! » dit Alice

"U svakom slučaju, nikad više neću otići tamo!" reče Alice

et elle se fraya un chemin à travers les bois
i hodala je kroz šumu
« c'était le thé le plus stupide auquel j'aie jamais assisté »
"To je bila najgluplja čajanka na kojoj sam ikada bio"
Juste au moment où elle disait cela, elle remarqua quelque chose
Baš kad je to rekla, primijetila je nešto
L'un des arbres avait une porte qui y menait directement
Jedno od stabala imalo je vrata koja su vodila ravno u njega
« C'est très intéressant ! » a-t-elle pensé
"To je vrlo zanimljivo!" pomislila je
« Je pense que je peux aussi bien passer la porte »
"Mislim da bih mogao proći kroz vrata"
Et elle passa par la porte
I kroz vrata je ušla
Une fois de plus, elle se retrouva dans le long couloir
Još jednom se našla u dugoj dvorani
de nouveau, elle était près de la petite table de verre
opet je bila blizu malog staklenog stolića
Elle prit la petite clé d'or
Uzela je mali zlatni ključ
et elle ouvrit la porte qui donnait sur le jardin
i otključala je vrata koja su vodila u vrt
Puis elle s'est mise au travail pour grignoter le champignon
Zatim se bacila na posao grickajući gljivu
Elle avait gardé un morceau du champignon dans sa poche
Držala je komad gljive u džepu
Et finalement, elle mesurait environ un mètre
i na kraju je bila visoka oko metar
Puis elle descendit le petit couloir
Zatim je krenula malim hodnikom
Et puis elle s'est finalement retrouvée dans le magnifique jardin
A onda se konačno našla u prekrasnom vrtu
et elle était parmi les fleurs brillantes et les fontaines fraîches
i bila je među svijetlim cvijećem i hladnim fontanama

Le terrain de croquet de la reine
Kraljičino igralište za kroket

Un grand rosier se dressait près de l'entrée du jardin
Veliko stablo ruže stajalo je blizu ulaza u vrt
Les roses qui poussaient sur l'arbre étaient blanches
ruže koje su rasle na drvetu bile su bijele
Mais il y avait trois jardiniers qui peignaient la rose
Ali bila su tri vrtlara koji su slikali ružu
Ils étaient occupés à peindre les roses en rouge
Užurbano su bojali ruže u crveno
et Alice les regardait peindre les roses en rouge
a Alice ih je gledala kako boje ruže u crveno
et soudain leurs yeux tombèrent par hasard sur Alice
i odjednom su im oči padale na Alice
Alice parlait un peu timidement
Alice je govorila pomalo sramežljivo
« Pourriez-vous me le dire, s'il vous plaît ? »
"Hoćete li mi reći, molim vas?"
« Pourquoi peignez-vous tous ces roses ? »
"Zašto svi bojite te ruže?"
cinq et sept ne dirent rien, mais regardèrent deux
pet i sedam nisu ništa rekli, ali su pogledali dva
deux d'entre eux parlèrent à voix basse
Dvojica su progovorila, tihim glasom
— Eh bien, le fait est, voyez-vous, madame.
"Pa, činjenica je, vidite, gospođo"
« Celui-ci aurait dû être un rosier rouge »
"Ovo je ovdje trebalo biti crveno stablo ruže"
« Et nous avons mis un rosier blanc par erreur »
"i greškom smo stavili bijelo stablo ruže"
**« Comme vous en conviendrez, la reine ne doit pas le
découvrir »**
"Kao što se slažete, kraljica ne smije saznati"
« Sinon, nous aurions tous la tête tranchée »
"inače bi nam svima odsjekli glave"
« Alors vous voyez, madame, nous faisons de notre mieux »
"Dakle, vidite, gospođo, dajemo sve od sebe"

La cinquième carte avait regardé anxieusement à travers le jardin
Kartica pet zabrinuto je gledala preko vrta
À ce moment, la cinquième carte cria : « La dame ! La reine !
U tom trenutku peta karta je viknula: "Kraljica! Kraljica!"
Et les trois jardiniers s'enfuirent aussitôt
i tri vrtlara su odmah pobjegla
et ils se jetèrent à plat ventre
i bacili su se ravno na lice
Il y eut un bruit de nombreux pas
Čuli su se mnogi koraci
Alice regarda autour d'elle, impatiente de voir la reine
Alisa se osvrnula oko sebe, željna vidjeti kraljicu
Au début de la procession se trouvaient dix soldats
Na početku povorke bilo je deset vojnika
leurs mains et leurs pieds étaient dans les coins
ruke i noge bile su im u kutovima
et dans leurs mains et leurs pieds étaient des massues
a u rukama i nogama bile su im toljage
Venaient ensuite les dix courtisans
Slijedilo je deset dvorjana
Les courtisans étaient partout ornés de diamants
dvorjani su posvuda bili ukrašeni dijamantima
Après les courtisans sont venus les enfants royaux
Nakon dvorjana došla su kraljevska djeca
Il y avait dix enfants royaux
Bilo je desetero kraljevske djece
et tous les enfants royaux étaient ornés de cœurs
i sva kraljevska djeca bila su ukrašena srcima
Venaient ensuite les invités ; principalement des rois et des reines
Zatim su došli gosti; uglavnom kraljevi i kraljice
et parmi les rois et la reine, Alice vit quelqu'un
a među kraljevima i kraljicom Alisa je vidjela nekoga
Elle revit le lapin blanc qu'elle avait chassé
ponovno je ugledala bijelog zeca kojeg je progonila
Le cortège était suivi par le valet de cœur

Povorku je pratio srdačnik
Il portait la couronne du roi
nosio je kraljevu krunu
et la couronne du roi était sur un coussin de velours cramoisi
a kraljeva kruna bila je na grimiznom baršunastom jastuku
Et puis vint la fin de ce grand cortège
A onda je došao kraj ove velike povorke
Et là, à la fin, il y avait le Roi et la Reine de Cœur
i tamo na kraju su bili kralj i kraljica srca
le cortège arriva en face d'Alice
povorka je došla nasuprot Alice
et ils s'arrêtèrent tous et la regardèrent
i svi su zastali i pogledali je
et la reine dit sévèrement : « Qui est-ce ? »
a kraljica je ozbiljno rekla: "Tko je to?"
Elle l'a dit au Valet de Cœur
Rekla je to Knave of Hearts
Mais il s'est contenté de s'incliner et de sourire en réponse
ali on se samo naklonio i nasmiješio u odgovoru
Alice parla très poliment
Alice je govorila vrlo pristojno
« Je m'appelle Alice, alors faites plaisir à Votre Majesté »
"Moje ime je Alice, pa molim Vaše Veličanstvo"
Mais elle avait d'autres pensées pour elle-même
ali imala je druge misli za sebe
« Ce n'est qu'un jeu de cartes, après tout ! »
"Na kraju krajeva, to je samo paket karata!"
« Savez-vous jouer au croquet ? » cria la reine
"Znaš li igrati kroket?" viknula je kraljica
La question était évidemment destinée à Alice
Pitanje je očito bilo namijenjeno Alice
— Oui ! dit Alice d'une voix forte
"Da!" rekla je Alice glasno
« Venez jouer alors ! » rugit la reine
"Dođi se onda igrati!" zaurlala je kraljica
une voix timide s'adressa à Alice
plašljiv glas progovorio je Alice

« C'est une très belle journée ! »
"Vrlo je lijep dan!"
Elle se promenait près du lapin blanc
Šetala je pored bijelog zeca
et le Lapin Blanc jetait un coup d'œil anxieux sur son visage
a Bijeli Zec joj je zabrinuto virio u lice
« Une très belle journée, en effet, confirma Alice
"Zaista vrlo lijep dan", potvrdi Alice
« Où est la duchesse ? »
"Gdje je vojvotkinja?"
« Chut ! Chut ! dit le Lapin
"Šuti! Šuti!" rekao je Zec
« Elle est sous le coup d'une sentence d'exécution »
"Ona je osuđena na pogubljenje"
« Pourquoi est-elle exécutée ? » demanda Alice
"Zbog čega je pogubljena?" upita Alice
« Elle a éraflé les oreilles de la reine », commença le lapin
"Ogrebala je kraljičine uši", započeo je zec
cria la reine d'une voix de tonnerre
Kraljica je viknula gromoglasnim glasom
« Retournez à vos endroits ! »
"Idite na svoja mjesta!"
et les gens se mirent à courir dans toutes les directions
i ljudi su počeli trčati u svim smjerovima
et ils tombèrent tous les uns contre les autres
i svi su se srušili jedni na druge
Cependant, ils se sont calmés en une minute ou deux
Međutim, smjestili su se za minutu ili dvije
Et puis le jeu a commencé
A onda je utakmica počela
Alice n'avait jamais vu un terrain de croquet aussi curieux
Alice nikada nije vidjela tako čudno igralište za kroket
L'herbe n'était que crêtes et sillons
trava je bila sva grebena i brazda
Les boules de croquet étaient de vrais hérissons
Loptice za kroket bile su pravi ježevi
Et les maillets étaient de vrais flamants roses

a čekići su bili pravi flamingosi
et les soldats se tinrent sur leurs mains et leurs pieds
a vojnici su stajali na rukama i nogama
Parce que les arches ont été faites à partir de leurs corps
jer su lukovi napravljeni od njihovih tijela
Les joueurs ont tous joué en même temps
Svi igrači su igrali odjednom
Personne n'attendait son tour
nitko nije čekao svoj red
et tout le monde se querellait avec tout le monde
i svi su se svađali sa svima
et tous se battaient pour les hérissons
i svi su se borili za ježeve
Bientôt, la reine fut dans une colère furieuse
Ubrzo je kraljica bila u bijesnoj strasti
et elle s'est mise à piétiner et à crier
i počela je gaziti uokolo i vikati
« Coupez-lui la tête ! »
"Odsijeci mu glavu!"
« Coupez-lui la tête ! »
"Odsijeci joj glavu!"
« Coupez-leur la tête ! »
"Odsjeći im sve glave!"
De nouveau, Alice pensa en elle-même
Alice je opet pomislila u sebi
« Ils sont affreusement friands de décapiter les gens ici »
"Ovdje užasno vole odrubljivati glave ljudima"
**« Ce qui est très étonnant, c'est qu'il reste quelqu'un en vie !
»**
"Veliko je čudo da je netko ostao živ!"
Elle cherchait un moyen de s'échapper
Tražila je neki način bijega
Elle remarqua une curieuse apparition dans l'air
primijetila je znatiželjnu pojavu u zraku
« C'est le chat du Cheshire », se dit-elle
"To je Cheshire-mačka", rekla je u sebi
« maintenant j'aurai quelqu'un à qui parler »

"sada ću imati s kim razgovarati"
« Comment vas-tu ? » dit le chat
"Kako ste?" upita mačka
« Je ne pense pas qu'ils jouent du tout équitablement », a déclaré Alice
"Mislim da uopće ne igraju pošteno", rekla je Alice
et elle avait un ton plutôt plaintif
i imala je prilično prigovarajući ton
« Ils se querellent tous si affreusement »
"Svi se tako strašno svađaju"
« On ne s'entend pas parler »
"Čovjek ne može čuti sebe kako govori"
« Et ils ne semblent pas jouer selon des règles »
"i čini se da ne igraju po bilo kakvim pravilima"
le chat a posé une question à Alice à voix basse
mačka je tihim glasom postavila Alice pitanje
« Comment aimez-vous la reine ? »
"Kako ti se sviđa kraljica?"
— Je ne l'aime pas du tout, dit Alice
"Uopće mi se ne sviđa", reče Alice

Alice pensa qu'elle ferait aussi bien d'y retourner
Alice je pomislila da bi se mogla vratiti
Elle voulait voir comment le match se passait
željela je vidjeti kako ide utakmica
Elle est partie à la recherche de son hérisson
Otišla je u potragu za svojim ježem
Le hérisson était occupé à combattre un autre hérisson
Jež je bio zauzet borbom s drugim ježem
C'était une excellente occasion
Ovo je bila izvrsna prilika
Elle pouvait croquer un hérisson avec l'autre
Mogla je kuketirati jednog ježa s drugim
Mais son flamant rose était de l'autre côté du jardin
ali njezin je flamingo bio s druge strane vrta
Le flamant rose était plutôt maladroit
Flamingo je bio prilično nespretan
Son flamant rose essayait de s'envoler dans un arbre
njezin flamingo pokušavao je odletjeti u drvo
Elle attrapa le flamant rose par la patte
Uhvatila je flaminga za nogu
Et elle glissa le flamant rose sous son bras
i gurnula je flaminga pod ruku
De cette façon, le flamant rose ne pouvait plus s'échapper
Na taj način flamingo više nije mogao pobjeći
Juste à ce moment-là, Alice rencontra la duchesse
Upravo tada je Alice slučajno upoznala vojvotkinju
La duchesse était maintenant sortie de prison
Vojvotkinja je sada izašla iz zatvora
Elle glissa affectueusement son bras sous celui d'Alice
Nježno je uvukla ruku ispod Aliceine ruke
puis ils sont partis ensemble
a onda su zajedno otišli
Alice était très heureuse de la trouver d'une humeur si agréable
Alisa je bila vrlo sretna što ju je zatekla u tako ugodnoj naravi
Elle était cependant un peu surprise
Međutim, bila je pomalo zaprepaštena

Elle entendit la voix de la duchesse près de son oreille
čula je glas vojvotkinje blizu uha
« Tu penses à quelque chose, ma chérie »
"Razmišljaš o nečemu, draga moja"
« Et ça fait oublier de parler »
"I zbog toga zaboravljaš govoriti"
« Le jeu se passe un peu mieux maintenant », a déclaré Alice
"Igra sada ide prilično bolje", rekla je Alice
C'était une façon de poursuivre la conversation
to je bio jedan od načina da se razgovor nastavi
— C'est vrai, dit la duchesse
"To je doista tako", reče vojvotkinja
« Et la morale de çela est la suivante : »
"A pouka toga je ova:"
« C'est l'amour qui fait tout ! »
"Ljubav je ta koja čini sve!"
« L'amour est ce qui fait tourner le monde »
"Ljubav je ono što pokreće svijet"
Alice avait une autre explication
Alice je imala drugo objašnjenje
« C'est fait par tout le monde qui s'occupe de ses propres affaires ! »
"To radi tako što svatko gleda svoja posla!"
— Ah ! Vous pourriez avoir raison"
"Ah, dobro! Možda ste u pravu"
— Tout cela signifie à peu près la même chose, dit la duchesse
"Sve to znači gotovo istu stvar", reče vojvotkinja
et elle enfonça son petit menton pointu dans l'épaule d'Alice
i zabila je svoju oštru malu bradu u Aliceino rame
« Et la morale de cela est la suivante »
"A pouka toga je ovo"
« Prendre soin du sens »
"Pazi na razum"
« Et puis les sons prendront soin d'eux-mêmes »
"I tada će se zvukovi pobrinuti sami za sebe"
Mais alors le bras de la duchesse se mit à trembler

Ali tada je vojvotkinjina ruka počela drhtati
Alice leva les yeux et la reine se tenait là
Alisa je podigla pogled i stajala je kraljica
La reine avait les bras croisés
kraljica je imala prekrižene ruke
Et elle fronçait les sourcils comme un orage !
i mrštila se poput grmljavine!
« Je vous préviens », cria la reine
"Pošteno vas upozoravam", viknula je kraljica
et elle piétina le sol tout en parlant
i gazila je po tlu dok je govorila
« Soit ta tête, soit sa tête doit être coupée »
"Ili tvoja glava ili njezina glava mora biti odsječena"
« Faites votre choix ! »
"Izaberi!"
« Et soyez rapide à ce sujet »
"i požuri s tim"
La duchesse fait son choix
Vojvotkinja je napravila svoj izbor
et au bout d'un instant la duchesse avait disparu
i za trenutak vojvotkinja je nestala
Puis la reine s'adressa à Alice
Tada je kraljica razgovarala s Alicom
« Continuons le jeu »
"Nastavimo s igrom"
Alice était trop effrayée pour dire un mot
Alice je bila previše uplašena da kaže riječ
et elle la suivit lentement jusqu'au terrain de croquet
i polako je slijedila natrag do igrališta za kroket
Pendant tout ce temps, la reine s'est querellée avec les autres joueurs
cijelo vrijeme kraljica se svađala s ostalim igračima
« Coupez-lui la tête ! »
"Odsijeci mu glavu!"
« Coupez-lui la tête ! »
"Odsijeci joj glavu!"
« Coupez-leur la tête ! »

"Odsjeći im sve glave!"
Bientôt, tous les joueurs ont été en garde à vue
Ubrzo su svi igrači bili u pritvoru
il ne restait que le roi, la reine et Alice
ostali su samo kralj, kraljica i Alice
Puis la reine s'en alla, tout à fait essoufflée
Tada je kraljica otišla, sasvim bez daha
et elle s'en alla avec Alice
i otišla je s Alice
Alice entendit le roi dire quelque chose
Alisa je čula kralja kako tiho govori nešto
« Vous êtes tous pardonnés »
"Svi ste pomilovani"
Mais soudain, un autre cri se fit entendre
ali odjednom se začuo još jedan krik
« Le procès commence ! »
"Suđenje počinje!"
et Alice courut avec les autres
a Alice je trčala zajedno s ostalima

Qui a volé les tartes ?

Tko je ukrao kolače?

Le roi et la reine de cœur étaient assis
Kralj i kraljica srca sjedili su
ils étaient sur leur trône quand Alice arriva
bili su na svom prijestolju kad je Alice stigla
Il y avait une grande foule rassemblée autour d'eux
oko njih se okupilo veliko mnoštvo
Il y avait toutes sortes de petits oiseaux et de bêtes
Bilo je svakakvih ptičica i zvijeri
Et il y avait tout le paquet de cartes
A tu je bio i cijeli paket karata
Le coquin se tenait devant eux, enchaîné
Ždak je stajao ispred njih, u lancima
et il y avait un soldat de chaque côté pour le garder
a sa svake strane bio je vojnik koji ga je čuvao
près du roi était le lapin blanc
blizu kralja bio je bijeli zec
Il avait une trompette dans une main
U jednoj ruci imao je trubu
et il avait un rouleau de parchemin dans l'autre main
a u drugoj ruci imao je svitak pergamenta
Au milieu de la cour se trouvait une table
U samoj sredini dvorišta bio je stol
Sur la table, il y avait un grand plat de tartes
Na stolu je bila velika posuda kolača
« J'aimerais qu'ils fassent le procès », pensa Alice
"Voljela bih da završe suđenje", pomislila je Alice
« Alors nous pourrions manger quelques-uns de ces rafraîchissements ! »
"Onda bismo mogli pojesti malo tog osvježenja!"

Le juge, soit dit en passant, était le roi
Sudac je, usput, bio kralj
et il portait sa couronne sur sa grande perruque
i nosio je svoju krunu preko svoje velike perike
« C'est le banc des jurés, pensa Alice
"To je porotnička loža", pomisli Alice
« Et ces douze créatures, je suppose qu'elles sont les jurés »
"A tih dvanaest stvorenja, pretpostavljam da su porotnici"
certains étaient des animaux, et d'autres étaient des oiseaux
neke su bile životinje, a neke ptice
Juste à ce moment-là, le lapin blanc a crié
Upravo tada je bijeli zec zavapio
« Silence dans la cour ! »
"Tišina u sudnici!"
« Héraut, lisez l'accusation ! » dit le roi
"Glasniče, pročitaj optužbu!" reče kralj
Le lapin blanc souffla trois coups de trompette
Bijeli zec je tri puta puhao u trubu
Puis il déroula le parchemin
zatim je odmotao pergamentni svitak
Et il a lu ce qui suit :

i pročitao je sljedeće:
« **La reine de cœur, elle a fait des tartes,** »
"Kraljica srca, napravila je neke kolače,"
« **Tout cela, elle l'a fait un jour d'été** »
"Sve je to učinila jednog ljetnog dana"
« **Le valet de cœur, il a volé ces tartes** »
"Srdačak, ukrao je te kolače"
« **Et il a emporté ces tartes loin !** »
"I odnio je te kolače daleko!"
« **Appelez le premier témoin** », dit le roi
"Pozovi prvog svjedoka", rekao je kralj
et le lapin blanc souffla trois coups de trompette
a bijeli zec je tri puta zatrubio u trubu
« **Amenez le premier témoin !** » cria-t-il
"Dovedite prvog svjedoka!" povikao je
Le premier témoin était le chapelier
Prvi svjedok bio je proizvođač šešira
Il entra avec une tasse de thé dans une main
Ušao je sa šalicom čaja u jednoj ruci
et il avait un morceau de pain et de beurre dans l'autre main
a u drugoj ruci imao je komad kruha i maslaca
« **Tu aurais dû finir** », dit le roi
"Trebao si završiti", reče kralj
« **Quand avez-vous commencé ?** »
"Kada si počeo?"
Le chapelier regarda le lièvre de marche
Šeširar je pogledao marširajućeg zeca
Le lièvre de marche l'avait suivi dans la cour
Marški zec slijedio ga je u dvor
Il avait marché bras dessus bras dessous avec le loir
Hodao je ruku pod ruku s puhom
« **Le quatorzième mars, je crois, dit-il**
"Četrnaestog ožujka, mislim da je bilo", rekao je
« **Rendez votre témoignage** », dit le roi
"Svjedočite", rekao je kralj
« **Et ne sois pas nerveux, ou je te ferai exécuter sur-le-
champ** »

"i ne budi nervozan, ili ću te pogubiti na licu mjesta"
Cela n'a pas semblé encourager du tout le témoin
Čini se da to uopće nije ohrabrilo svjedoka
Il n'arrêtait pas de se déplacer d'un pied sur l'autre
stalno se premještao s jedne noge na drugu
et il regarda la reine avec inquiétude
i nelagodno je pogledao kraljicu
**et, dans sa confusion, il mordit un gros morceau de sa tasse
de thé**
i, u svojoj zbunjenosti, odgrizao je veliki komad iz svoje šalice
za čaj
En réalité, il voulait croquer dans son pain et son beurre
Zapravo je namjeravao zagristi svoj kruh i maslac
Juste à ce moment, Alice éprouva une sensation très curieuse
Upravo u tom trenutku Alice je osjetila vrlo znatiželjan osjećaj
Elle commençait à grossir à nouveau
Ponovno je počela rasti
Le misérable chapelier laissa tomber sa tasse de thé
Jadni proizvođač šešira ispustio je šalicu za čaj
et le pain et le beurre tombèrent à terre
i kruh i maslac pali su na zemlju
et il mit un genou à terre
i on je kleknuo na jedno koljeno
« Je suis un pauvre homme, Votre Majesté », a-t-il commencé
"Ja sam siromašan čovjek, Vaše Veličanstvo", započeo je
« Vous êtes un bien mauvais orateur, » dit le roi
"Ti si vrlo loš govornik", reče kralj
« Tu peux y aller, » dit le roi
"Možete ići", reče kralj
et le chapelier quitta précipitamment la cour
i šeširar je žurno napustio dvorište
« Appelez le témoin suivant ! » dit le roi
"Pozovi sljedećeg svjedoka!" reče kralj
Le témoin suivant fut le cuisinier de la duchesse
Sljedeći svjedok bila je vojvotkinjina kuharica
Elle portait la poivrière à la main
U ruci je nosila kutiju s paprom

et les gens près de la porte se mirent à éternuer tout à coup
i ljudi blizu vrata odjednom su počeli kihati
« Rendez votre témoignage », dit le roi
"Svjedočite", rekao je kralj
— Je ne donnerai aucun témoignage, dit le cuisinier
"Neću svjedočiti", reče kuhar
Le roi regarda anxieusement le lapin blanc
Kralj je zabrinuto pogledao bijelog zeca
Et le lapin blanc parlait d'une voix douce
i bijeli zec je progovorio tihim glasom
« Votre Majesté doit contre-interroger ce témoin »
"Vaše Veličanstvo mora unakrsno ispitati ovog svjedoka"
« Eh bien, s'il le faut, il le faut, » dit le roi
"Pa, ako moram, moram", reče kralj
« De quoi sont faites les tartes ? »
"Od čega se prave kolači?"
« Les tartes sont faites de poivre, principalement », a déclaré
le cuisinier
"Torte se uglavnom rade od papra", rekao je kuhar
Pendant quelques minutes, toute la cour fut dans la
confusion
Nekoliko minuta cijelo je dvorište bilo u zbunjenosti
Finalement, ils se sont tous calmés
Na kraju su se svi ponovno skrasili
Mais à ce moment-là, le cuisinier avait disparu
ali do tada je kuhar nestao
« N'importe ! » dit le roi
"Nema veze!" rekao je kralj
« Appel à la barre du prochain témoin »
"Pozovite sljedećeg svjedoka"
Alice regarda le lapin blanc qui tâtonnait sur la liste
Alice je promatrala bijelog zeca dok je petljao po popisu
Vous pouvez imaginer sa surprise à ce qu'elle a entendu
ensuite
Možete zamisliti njezino iznenađenje onim što je sljedeće čula
à tue-tête de sa petite voix aiguë, il appela le nom « Alice ! »
iz sveg glasa nazvao je ime "Alice!"

Le témoignage d'Alice
Alicein dokaz

« Ici ! » s'écria Alice
"Evo!" uzvikne Alisa
Elle se leva d'un bond en toute hâte
Skočila je u velikoj žurbi
et elle renversa le banc des jurés
i prevrnula je porotničku ložu
et elle renversa tous les jurés
i srušila je sve porotnike
et ils tombèrent sur la tête de la foule en bas
i padoše na glave mnoštva dolje
Alice était dans un grand désarroi
Alice je bila u velikom zaprepaštenju
« Oh ! je vous demande pardon ! » s'écria-t-elle
"Oh, oprostite!" uzviknula je
« Le procès ne peut pas avoir lieu », dit le roi
"Suđenje se ne može nastaviti", reče kralj
« Les jurés doivent retourner à leur place »
"Porotnici se moraju vratiti na svoja mjesta"
Il répéta l'ordre avec beaucoup d'emphase
ponovio je naredbu s velikim naglaskom
et il regarda Alice d'un air sévère
i strogo je pogledao Alice
« Que savez-vous de ces événements ? » demanda le roi à Alice
"Što znaš o tim događajima?" upitao je kralj Alisu
— Je ne sais rien à ce sujet, dit Alice
"Ne znam ništa o tome", reče Alice
Le roi lut ensuite un extrait de son livre
Kralj je zatim pročitao iz svoje knjige
« Règle quarante-deux »
"Pravilo četrdeset i dva"
« Toutes les personnes de plus d'un kilomètre de haut doivent quitter le tribunal »
"Sve osobe visoke više od milje trebaju napustiti sud"
« Je ne suis pas à un mille de haut, » dit Alice

"Nisam ni kilometar visoka", rekla je Alice
« Près de deux milles de haut », dit la reine
"Gotovo dvije milje visoke", reče kraljica

— Eh bien, je refuse d'y aller, dit Alice
"Pa, odbijam ići", reče Alice
Le roi pâlit
Kralj je problijedio
et il ferma précipitamment son carnet
i žurno je zatvorio bilježnicu
« Considérez votre verdict », a-t-il dit au jury
"Razmislite o svojoj presudi", rekao je poroti
Il parlait d'une voix basse et tremblante
Govorio je tihim, drhtavim glasom
Puis le lapin blanc prit la parole
Tada je progovorio bijeli zec
« Il y a encore plus de preuves à venir »
"Ima još dokaza koji će doći"
et il se leva d'un bond en toute hâte
i skočio je u velikoj žurbi

« Ce papier vient d'être retiré »
"Ovaj papir je upravo preuzet"
« On dirait que c'est une lettre écrite par le prisonnier »
"Čini se da je to pismo koje je napisao zatvorenik"
Il déplia le papier tout en parlant
Dok je govorio, rasklopio je papir
« Ce n'est pas une lettre, après tout »
"Ipak to nije pismo"
« Ce que c'était, c'était un ensemble de versets »
"Ono što je to bilo bio je skup stihova"
« S'il vous plaît, Votre Majesté », dit le coquin
"Molim vas, Vaše Veličanstvo", reče nitkovac
« Je n'ai pas écrit ces vers »
"Nisam ja napisao te stihove"
« et ils ne peuvent pas prouver que j'ai écrit quoi que ce
soit »
"i ne mogu dokazati da sam išta napisao"
« Il n'y a pas de nom signé à la fin »
"Na kraju nema potpisanog imena"
Le roi parla au fripon
Kralj je razgovarao s nitkovcem
« Vous avez dû vouloir causer des méfaits »
"Mora da ste htjeli napraviti neku nestašluk"
« Sinon, tu aurais signé ton nom comme un honnête
homme »
"inače bi se potpisao kao pošten čovjek"
Il y eut un claquement général de mains
Uslijedilo je opće pljeskanje rukama
Et le roi se tourna vers le lapin blanc
I kralj se okrenu bijelom zecu
« Lisez les vers », ordonna-t-il
"Čitaj stihove", naredio je
Il y eut un silence de mort dans la cour
U dvorištu je vladala mrtva tišina
et le lapin blanc lut les versets
I bijeli zec pročita stihove
Ils m'ont dit que vous étiez allé chez elle

Rekli su mi da si bio kod nje
Et ils lui parlèrent de moi
I spomenuli su mu me
Elle m'a donné un bon caractère
Dala mi je dobar karakter
Mais elle a dit que je ne savais pas nager
Ali rekla je da ne znam plivati
Il leur a fait savoir que je n'étais pas parti
Poslao im je poruku da nisam otišao
Nous savons que c'est vrai
Znamo da je to istina
Si elle poussait l'affaire, que deviendriez-vous ?
Kad bi ona gurnula stvar dalje, što bi bilo s tobom?
Je lui en ai donné un, ils lui en ont donné deux
Ja sam joj dao jednu, oni su mu dali dvije
Vous nous en avez donné trois ou plus
Dao si nam tri ili više
Ils sont tous revenus de sa part vers vous
Svi su se vratili od njega k tebi
bien qu'ils aient été les miens avant
iako su prije bili moji
Si j'avais la chance d'être
Ako ja ili ona slučajno postanem
Si j'étais impliqué dans cette affaire
Da smo ja ili ona bili umiješani u ovu aferu
Il compte en vous pour les libérer
On se pouzda u tebe da ćeš ih osloboditi
Exactement comme nous étions
Točno onakvi kakvi smo bili
Mon idée, c'est que vous aviez été
Moja ideja je bila da ste bili
Avant qu'elle n'ait cette crise
Prije nego što je dobila ovaj napadaj
Un obstacle qui s'est dressé entre
Prepreka koja se našla između
Lui, et nous-mêmes, et cela
On, i mi, i to

Ne lui faites pas savoir qu'elle les aimait mieux
Nemojte mu dati do znanja da su joj se najviše sviđali
Car cela doit être à jamais un secret, caché à tous les autres
Jer to mora zauvijek biti tajna, čuvana od svih ostalih
Ce secret doit rester un secret entre vous et moi
Ova tajna mora ostati tajna između tebe i mene
Le roi était très impressionné
Kralj je bio vrlo impresioniran
« C'est la preuve la plus importante que nous ayons entendue jusqu'à présent »
"To je najvažniji dokaz koji smo do sada čuli"
— Je ne crois pas que ces vers aient un atome de sens, objecta Alice
"Ne vjerujem da ti stihovi nose ni atom značenja", prigovorila je Alice
le roi avait sa propre opinion sur la question
kralj je imao svoje mišljenje o tom pitanju
« S'il n'y a pas de sens dans ces mots, cela sauve un monde de problèmes »
"Ako u tim riječima nema smisla, to spašava svijet nevolja"
« Alors nous n'avons pas besoin d'essayer de trouver le sens »
"Onda ne trebamo pokušavati pronaći smisao"
« Laissons le jury délibérer sur son verdict »
"Neka porota razmotri svoju presudu"
« Non, non ! » dit la reine
"Ne, ne!" reče kraljica
« La condamnation d'abord, le verdict ensuite »
"Prvo izricanje kazne, a nakon toga presuda"
« Des bêtises et des bêtises ! » dit Alice à haute voix
"Gluposti i gluposti!" rekla je Alice glasno
« Comme il est stupide de condamner l'accusé en premier ! »
"Kako je glupo prvo osuditi optuženika!"

« Tais-toi ! » dit la reine en devenant violette
"Šuti!" reče kraljica, postajući ljubičasta
« Je ne me tairai pas ! » dit Alice
"Neću držati jezik za zubima!" reče Alisa
cria la reine à tue-tête
Kraljica je viknula iz sveg glasa
« Coupez-lui la tête ! »
"Odsijeci joj glavu!"
Personne n'a fait un mouvement
Nitko nije napravio pokret
« Qui se soucie de ce que vous dites ? » dit Alice
"Koga briga što govoriš?" upita Alice
Elle avait atteint sa taille maximale à ce moment-là
Do tada je već narasla do svoje pune veličine
« Tu n'es rien d'autre qu'un jeu de cartes ! »
"Ti si ništa drugo nego paket karata!"
À ces mots, toutes les cartes se levèrent dans les airs
Na to su se sve karte podigle u zrak
et toutes les cartes s'abattaient sur elle

i sve su karte letjele na nju
Elle poussa un petit cri
Malo je vrisnula
Elle était à moitié effrayée, mais aussi en colère
Bila je napola uplašena, ali i ljuta
Et elle a essayé de se battre contre les cartes
i pokušala se boriti protiv karata
puis elle se retrouva allongée sur le talus d'herbe
a onda se našla kako leži na travnatoj obali
Sa tête était sur les genoux de sa sœur
glava joj je bila u krilu njezine sestre
Des feuilles mortes s'étaient posées sur son visage
Nešto mrtvog lišća sletjelo joj je na lice
et sa sœur balayait doucement les feuilles
a njezina je sestra nježno četkala lišće
« Réveille-toi, ma chère Alice ! » dit sa sœur
"Probudi se, Alice draga!" reče njezina sestra
« Quel long sommeil tu as eu ! »
"Kako si dugo spavao!"
« Oh, j'ai fait un rêve si curieux ! » dit Alice
"Oh, sanjala sam tako čudan san!" reče Alice
Et elle raconta à sa sœur tout ce qu'elle pouvait se rappeler
I rekla je sestri sve čega se mogla sjetiti
toutes les étranges aventures que vous venez de lire
Sve čudne avanture o kojima ste upravo čitali
Alice se leva et s'enfuit en courant
Alice je ustala i pobjegla
et elle pensait, tout en courant, à son rêve
i dok je trčala razmišljala o svom snu
« Quel rêve merveilleux cela avait été ! »
"Kakav je to divan san bio!"